Vous rêvez de devenir juré
d'[...]

C'est l'a[...]
les é[...]
Prix du Meilleur Roman des lecteurs de POINTS !

D'août 2015 à juin 2016, un jury composé de 40 lecteurs et de 20 libraires recevra à domicile 10 romans récemment publiés par les éditions Points et votera pour élire le meilleur d'entre eux.

Pour rejoindre le jury, déposez votre candidature sur **www.prixdumeilleurroman.com.** Les inscriptions sont ouvertes jusqu'au 31 octobre 2015.

Le Prix du Meilleur Roman des lecteurs de POINTS, c'est un prix littéraire dont vous, lectrices et lecteurs, désignez le lauréat en toute liberté.

Plus d'information sur
www.prixdumeilleurroman.com

Yanick Lahens vit en Haïti. Dans ses romans, comme dans ses nouvelles et ses essais, notamment *Failles*, elle brosse avec lucidité et sans complaisance la réalité de son île. Lauréate du prix RFO 2009 pour *La Couleur de l'aube*, elle occupe sur la scène littéraire haïtienne une position très singulière par son indépendance d'esprit et sa liberté de ton.

Bain de lune a reçu le prix Femina en 2014.

DU MÊME AUTEUR

Tante Résia et les dieux
L'Harmattan, 1994

Dans la maison du père
Le Serpent à plumes, 2000
Sabine Wespieser, 2015

La Petite Corruption
Mémoire d'encrier, 2004

La Couleur de l'aube
Sabine Wespieser, 2008

Failles
récit
Sabine Wespieser, 2010

Guillaume et Nathalie
Sabine Wespieser, 2013
et « Points », n° P3309

Yanick Lahens

BAIN DE LUNE

ROMAN

Sabine Wespieser Éditeur

Le lecteur trouvera en fin d'ouvrage un arbre généalogique
ainsi qu'un glossaire donnant la définition des mots suivis
d'un astérisque à la première occurrence.

TEXTE INTÉGRAL

ISBN 978-2-7578-5045-9
(ISBN 978-2-84805-117-8, 1ʳᵉ publication)

© Sabine Wespieser Éditeur, 2014

Je suis Atibon-Legba
Mon chapeau vient de la Guinée
De même que ma canne de bambou
De même que ma vieille douleur
De même que mes vieux os [...]
Je suis Legba-Bois Legba-Cayes
Je suis Legba-Signangnon [...]
Je veux pour ma faim des ignames
Des malangas et des giraumonts
Des bananes et des patates douces

René DEPESTRE
Un arc-en-ciel
pour l'Occident chrétien

[...] il a détruit cette beauté qui
m'exposait aux rechutes sur les
lits du désir [...]; je ressemble à la
Mort, cette vieille maîtresse de Dieu.

Marguerite YOURCENAR
Feux

1

Après une folle équipée de trois jours, me voilà étendue là, aux pieds d'un homme que je ne connais pas. Le visage à deux doigts de ses chaussures boueuses et usées. Le nez pris dans une puanteur qui me révulse presque. Au point de me faire oublier cet étau de douleur autour du cou, et la meurtrissure entre les cuisses. Difficile de me retourner. De remonter les jambes. De poser un pied par terre avant que l'autre suive. Pour franchir la distance qui me sépare d'Anse Bleue. Si seulement je pouvais prendre mes jambes à mon cou. Si seulement je pouvais m'enfuir jusqu'à Anse Bleue. Pas une fois je ne me retournerais. Pas une seule fois.

Mais je ne le peux pas. Je ne le peux plus...

Quelque chose s'est passé dans le crépuscule du premier jour de l'ouragan. Quelque chose que je ne m'explique pas encore. Quelque chose qui m'a rompue.

Malgré mes yeux figés et ma joue gauche posée à même le sable mouillé, j'arrive quand même, et j'en suis quelque peu soulagée, à balayer du regard ce village bâti comme Anse Bleue. Les mêmes cases étroites. Toutes portes et toutes fenêtres closes. Les mêmes murs lépreux. Des deux côtés d'une même voie boueuse menant à la mer.

9

J'ai envie de faire monter un cri de mon ventre à ma gorge et de le faire gicler de ma bouche. Fort et haut. Très haut et très fort jusqu'à déchirer ces gros nuages sombres au-dessus de ma tête. Crier pour appeler le Grand Maître*, Lasirenn* et tous les saints. Que j'aimerais que Lasirenn m'emmène loin, très loin, sur sa longue et soyeuse chevelure, reposer mes muscles endoloris, mes plaies béantes, ma peau toute ridée par tant d'eau et de sel. Mais avant qu'elle n'entende mes appels, je ne peux que meubler le temps. Et rien d'autre...

De tout ce que je vois.

De tout ce que j'entends.

De tout ce que mes narines hument.

De chaque pensée, fugace, ample, entêtante. En attendant de comprendre ce qui m'est arrivé.

L'inconnu a sorti son téléphone portable de sa poche droite : un Nokia bas de gamme comme on en voit de plus en plus au All Stars Supermarket à Baudelet. Mais il n'a pas pu s'en servir. Il tremblait de tous ses membres. Tant et si bien que le téléphone lui a échappé des mains et est tombé tout contre ma tempe gauche. Encore un peu et le Nokia aurait achevé de m'enfoncer l'œil...

L'homme a reculé d'un mouvement brusque, le regard épouvanté. Puis, prenant son courage à deux mains, a plié lentement le torse et allongé le bras. D'un geste rapide, il a attrapé le téléphone en prenant un soin inouï à ne pas me toucher.

Je l'ai entendu répéter tout bas, trois fois de suite, d'une voix étouffée par l'émotion : « Grâce la Miséricorde, grâce la Miséricorde, grâce la Miséricorde. » J'entends encore sa voix... Elle se confond avec la mer qui s'agite en gerbes folles dans mon dos.

*Dans ma tête des images se bousculent. S'entre-
choquent. Ma mémoire est pareille à ces guirlandes
d'algues détachées de tout et qui dansent, affolées
sur l'écume des vagues. Je voudrais pouvoir recoller
ces morceaux épars, les raccrocher un à un et tout
reconstituer. Tout. Le temps d'avant. Le temps d'il y
a longtemps comme celui d'hier. Comme celui d'il y
a trois jours.*

Année après année.

Heure après heure.

Seconde par seconde.

*Refaire dans ma tête un parcours d'écolière. Sans
ronces, sans* bayahondes[*]*, sans avion dans la nuit, sans
incendie. Refaire ce parcours jusqu'au vent qui, ce soir
d'ouragan, m'enchante, m'enivre. Et ces mains qui me
font perdre pied. Trébucher.*

*Remonter toute la chaîne de mon existence pour
comprendre une fois pour toutes… Remettre au monde
un à un mes aïeuls et aïeules. Jusqu'à l'aïeul* franginen[*]*,
jusqu'à Bonal Lafleur, jusqu'à Tertulien Mésidor et
Anastase, son père. Jusqu'à Ermancia, Orvil et Olmène,
au regard d'eau et de feu. Olmène dont je ne connais
pas le visage. Olmène qui m'a toujours manqué et me
manque encore.*

*Quel ouragan! Quel tumulte! Dans toute cette his-
toire, il faudra tenir compte du vent, du sel, de l'eau,
et pas seulement des hommes et des femmes. Le sable
a été tourné et retourné dans le plus grand désordre.
On dirait une terre attendant d'être ensemencée. Loko[*]
a soufflé trois jours d'affilée et a avalé le soleil. Trois
longs jours. Le ciel tourne enfin en un gris de plus en
plus clair. Laiteux par endroits.*

« Ne fais pas ce que tu pourrais regretter, martèle ma mère. Ne le fais pas. »

Je radote comme une vieille. Je divague comme une folle. Ma voix se casse tout au fond de ma gorge. C'est encore à cause du vent, du sel et de l'eau.

2

Le regard fuyant des hommes, celui légèrement effaré des femmes à l'arrivée de ce cavalier, tout laissait croire qu'il s'agissait d'un être redoutable et redouté. Et c'est vrai que nous redoutions tous Tertulien Mésidor.

Tertulien Mésidor aimait traverser tous les villages jusqu'aux plus lointains lieux-dits pour mesurer sa force. Évaluer le courage des hommes. Soupeser la vertu des femmes. Et vérifier l'innocence des enfants.

Il avait surgi des couleurs cotonneuses du *devant-jour*. À cette heure où, derrière les montagnes, un rose vif défait des lambeaux de nuages pour déferler à bride abattue sur la campagne. Assis sur son cheval gris cendre, il était comme toujours coiffé d'un chapeau de belle paille à large bord, rabattu sur deux yeux proéminents. Il portait un coutelas suspendu à sa ceinture et traînait à sa suite deux autres cavaliers, qui avançaient du même pas lent et décidé que leur maître.

Tertulien Mésidor se dirigea vers l'étal aux poissons empestant les tripes et la chair en décomposition. À son approche, nous nous étions mis à parler très fort. Bien plus fort qu'à l'accoutumée, vantant la variété des poissons, la qualité des légumes et des vivres, mais sans lâcher des yeux le cavalier. Plus nous le guettions et plus nous parlions fort. Notre vacarme dans cette aube

13

n'était qu'un masque, un de plus, de notre vigilance aiguë. Quand sa monture se cabra, le cortège se figea en même temps que lui. Tertulien Mésidor se baissa pour parler à l'oreille du cheval et caresser sa crinière. «Otan, Otan», murmura-t-il doucement. L'animal piaffait sur place en agitant la queue. L'homme au chapeau à large bord voulait, lui, avancer sur le chemin pierreux entre les étals. D'un geste d'autorité, il frappa les flancs du cheval de ses talons et, tenant serrée la bride, força l'animal à trotter dans cette direction.

À peine eut-il avancé de quelques mètres qu'il tira cette fois sur les rênes pour s'arrêter à nouveau. Le mouvement fut si brusque que les deux autres cavaliers eurent du mal à retenir leurs chevaux qui piaffaient eux aussi. Tertulien Mésidor venait d'entrevoir, assise entre toutes les femmes, Olmène Dorival, fille d'Orvil Clémestal, dont le sourire fendait le jour en deux comme un soleil et qui, d'un geste nonchalant, avait torsadé le bas de sa jupe pour la glisser entre ses cuisses. Deux yeux la déshabillaient déjà et elle n'en avait pas le moindre soupçon.

Au léger frémissement de ses narines, les deux autres cavaliers surent à quoi s'en tenir. Tertulien Mésidor garda les yeux fixés quelques secondes sur cette bande de tissu qui cachait la source et la fleur d'Olmène Dorival. Il en eut le souffle coupé. Quelques secondes. Rien que quelques secondes. Mais assez pour être tout retourné. Prisonnier d'un sortilège sans explication.

Le désir de Tertulien Mésidor pour Olmène Dorival fut immédiat et brutal, et fit monter en lui des envies de jambes emmêlées, de doigts furtifs, de croupe tenue à même les paumes, de senteurs de fougères et d'herbe mouillée.

Tertulien Mésidor devait avoir dans les cinquante-cinq ans. Olmène Dorival en avait à peine seize.

Il possédait les trois quarts des terres de l'autre côté des montagnes. Il était un *don**. Un grand *don*.

Elle allait le plus souvent nu-pieds et n'avait jamais chaussé que des sandales taillées dans un cuir grossier.

Il avait fait plusieurs séjours à Port-au-Prince, et même voyagé au-delà des mers et dansé le *son** avec des mulâtresses à La Havane.

Elle n'avait franchi les limites d'Anse Bleue que pour accompagner sa mère au marché aux poissons de Ti Pistache, qui sentait la pourriture et les tripes et où dansaient les mouches dans des sarabandes folles. Ou, depuis peu, un peu plus loin, au grand marché de la ville de Baudelet.

Sous ce nom de Tertulien, couvaient des légendes invérifiables et des vérités tenaces. On disait qu'il avait volé, tué. Qu'il avait couvert autant de femelles que celles que comptait notre village de paysans-pêcheurs. Et bien d'autres choses encore…

À la monotonie des jours très ordinaires, Olmène Dorival n'avait échappé que par les dieux, qui quelquefois la chevauchaient de songes, d'humeurs, de couleurs et de mots.

3

Tertulien, tenant les rênes de son bel alezan gris cendre, abaissa le torse pour lui caresser à nouveau la crinière. Mais au bout d'un moment, n'y tenant plus, il claqua les mains d'un geste d'autorité en direction d'Olmène. Le bruit résonna à nos oreilles à tous comme un fouet. Olmène Dorival ne crut pas que cet ordre lui était adressé. Nous non plus. Elle avait, comme nous tous, aperçu quelquefois ce cavalier dans la poussière des chemins ou sur la galerie des Frétillon, juste à côté de leur grand magasin, à Baudelet. Mais elle n'avait jamais fait que l'apercevoir, avec la distance due. Il faisait partie des autres – vainqueurs, nantis, conqué- rants –, non des vaincus, des défaits comme elle. Comme nous. Pauvres comme sel, *maléré*, infortunés.

Olmène se retourna mais ne vit derrière elle que la vieille Man Came qui vendait des herbes médicinales, Altéma le cul-de-jatte somnolant à même le sol, et un jeune garçon tenant la bride d'un âne. Elle comprit alors qu'elle devrait affronter seule le regard de cet homme dont la seule évocation recouvrait les yeux de son père, Orvil Clémestal, d'un voile noir et gonflait sa bouche d'une épaisse salive qu'il crachait d'un grand jet dans la poussière. Elle se dit qu'elle ferait semblant de n'avoir rien vu. Rien entendu. Elle baissa légèrement la tête et retint ses nattes désordonnées sous son foulard. Puis feignit de ranger les quelques poissons – sardes, tha-zards, paroquettes – pêchés la veille par son père et ses frères, et les patates douces, ignames, haricots rouges et le petit mil, dans le panier qu'Ermancia, sa mère, et elle avaient posé à leurs pieds. En soulevant la tête, elle porta le regard loin derrière l'homme à cheval qui, lui, commençait à tout vouloir : les poignets, la bouche, les seins, la fleur et la source. Et, tandis qu'elle scrutait chaque trait du visage de Tertulien Mésidor derrière les cercles enfumés qui s'élevaient de sa pipe, Erman-cia acheva de ranger avec sa fille tout ce qu'elle avait apporté de son *jardin* *.

L'un des deux cavaliers à la suite de Tertulien s'ap-procha d'Olmène et lui indiqua son maître. Tertulien ôta son chapeau et, avec un rictus qui était tout à la fois un sourire et une menace, demanda à Olmène de lui vendre du poisson. Il acheta tout. Lui qui, au dire de plusieurs, ne mangeait pourtant plus de poisson depuis longtemps. Depuis qu'un thazard en court-bouillon avait failli le faire passer de vie à trépas, il y avait quelques années déjà. Mais Tertulien aurait ce jour-là acheté n'importe quoi. Ce qu'il fit. Il ne rechigna point comme à son habitude sur le prix de la marchandise, et paya aux pêcheurs et aux paysans leur dû. Il acheta à Ermancia du petit mil, des patates douces, des haricots rouges et quelques ignames, que les deux autres cavaliers char-rièrent à l'arrière de leurs chevaux.

Comme nous tous, Olmène avait quelquefois vu un camion, des chevaux ou des ânes pliant sous le poids de marchandises de toutes sortes, traverser les terres salines, bifurquer derrière la rivière Mayonne au loin et gravir la pente jusqu'à disparaître, en direc-tion de la propriété muette de Tertulien Mésidor.

Comme nous tous, elle imaginait sans mot dire, dans un mélange de curiosité et d'envie, ce que cachaient ces cargaisons. Des choses connues d'elle comme des choses inconnues, au-delà de ce qu'elle était à même d'imaginer. Au-delà de ce que nous étions nous aussi à même d'inventer. Si un sourire déformait nos lèvres ou exhibait nos gencives édentées dans ces moments-là, impossible, pour elle comme pour nous, de ne pas en vouloir au monde l'espace de quelques secondes. De ne pas en vouloir à quelques-uns qui nous ressemblent comme deux gouttes d'eau, faute de pouvoir nous en prendre aux Mésidor et à ceux qui leur ressemblaient.

Les domestiques qui se hasardaient une fois par semaine jusqu'au marché de Ti Pistache, de Roseaux ou de Baudelet, laissaient parfois tomber une phrase qui aiguisait notre curiosité pour ce monde. Monde que nous, les hommes et les femmes d'Anse Bleue et de tous les bourgs et villages alentour, nous évitions pourtant. Avec un acharnement égal à celui qu'il mettait à nous tenir à distance.

Un jeu qui nous liait tous aux Mésidor et qui les enchaînait à nous malgré eux. Un jeu dans lequel, vainqueurs et captifs, nous étions passés maîtres depuis longtemps. Très longtemps.

C'est dire qu'entre les Mésidor, le vent, la terre, l'eau et nous couve une histoire ancienne. Non point de commencement du monde ou d'une quelconque nuit des temps.

Juste une histoire qui est celle des hommes quand les dieux se sont à peine éloignés… Quand la mer et le vent soufflent encore tout bas ou à pleins poumons leurs noms d'écume, de feu et de poussière. Quand les eaux ont tracé une bordure franche à la lisière du ciel et aveuglent d'éclats bleutés. Et que le soleil lévite comme un don ou écrase comme une fatalité.

Une histoire de tumultes et d'événements très ordinaires. Quelquefois de fureurs et de faims. Par moments, de corps qui exultent et s'enchantent. Par d'autres, de sang et de silence.

Et parfois de joie pure. Si pure…

Une histoire où un monde nouveau chevauche pourtant déjà l'ancien. Par à-coups et secousses, comme on dit des dieux qu'ils montent un *chrétien-vivant*[*]…

Toujours est-il que, dans ce jour naissant, à Ti Pistache, non loin d'Anse Bleue, village de tuf, de sel et d'eau adossé au pied de hautes montagnes d'Haïti, Tertulien Mésidor, seigneur de son état, eut le sang fouetté à vif à la vue d'Olmène Dorival, paysanne nonchalamment accroupie à même les talons face à un panier de poissons, de légumes et vivres, dans un lointain marché de campagne.

4

Les Mésidor, tout à l'est, de l'autre côté des montagnes surplombant Anse Bleue, avaient depuis toujours convoité la terre, les femmes et les biens. Leur destin avait croisé celui des Lafleur et de leurs descendants, les Clémestal et les Dorival, quarante ans plus tôt. Un jour de l'année 1920 où Anastase Mésidor, père de Tertulien Mésidor, avait dépouillé Bonal Lafleur, aïeul d'Olmène Dorival, des derniers *carreaux** d'une *habitation** où poussait, sous le couvert ombragé d'ormes, d'acajous et de *mombins*, le café des maquis. Bonal Lafleur tenait cette propriété de sa mère, qui n'était pas du village d'Anse Bleue mais de Nan Campêche, une localité à six kilomètres des montagnes au sud d'Anse Bleue.

Anastase Mésidor s'était déjà approprié les meilleures terres du plateau. Mais il en lorgnait d'autres pour les vendre à prix d'or aux aventuriers et francs-tireurs venus d'ailleurs, comme ceux de la United West Indies Corporation, qui, avec l'arrivée des Marines, s'étaient abattus sur l'île. Persuadés qu'ils étaient que les grandes propriétés, comme les *fincas* de Saint-Domingue ou les *haciendas* de Cuba, feraient leur fortune et, du même coup, nous transformeraient enfin en paysans civilisés : chrétiens aux cheveux propres et peignés et portant chaussures. Apprivoisés mais sans terres. «Jamais», un mot que Solanèle Lafleur, la mère de Bonal, avait répété des dizaines de fois à son fils en traçant une croix sur le sol et en lui indiquant, d'un mouvement vif et ample du bras, les pentes escarpées des montagnes. Là-haut, dans les *dokos** où soufflait encore l'esprit des Ancêtres marrons. «La terre, mon fils, c'est ton sang, ta chair, tes os, tu m'entends!»

Anastase Mésidor avait fait un mauvais sort à deux frères de Roseaux, Pauléus et Clévil, qui pensaient pouvoir lui tenir tête et jouer les récalcitrants. Ils avaient disparu dans la brume des premières heures du jour, sur le chemin qui les menait à leur *jardin*. On retrouva l'un du côté du morne Peletier, suspendu à un manguier comme une poupée disloquée, l'autre à moitié dévoré par des porcs sur le bord de la route menant de Ti Pistache à la localité de Roseaux.

Nous, les Lafleur, avions la réputation d'être inatteignables et porteurs de *points** puissants, redoutables même. À des kilomètres à la ronde, beaucoup nous enviaient ce pouvoir qu'ils croyaient inouï. Sans limites. Cette solide réputation ne fit pourtant pas le poids face à l'offre insistante d'Anastase Mésidor: Bonal Lafleur fut tout de même acculé à se défaire de ses terres en grinçant des dents un matin, en présence d'un arpenteur à chapeau de laine noir et d'un notaire en costume trois-pièces gris foncé bien trop ajusté au corps.

Après une lecture qui débuta par les mots «Liberté, égalité, fraternité, République d'Haïti» et se termina par «ici collationné», Anastase Mésidor, le notaire et l'arpenteur signifièrent à Bonal qu'il n'était plus propriétaire.

Son pouce imbibé d'encre à peine apposé sur le papier en guise de signature, Bonal Lafleur réclama à Anastase Mésidor son dû. Il lui avait tout de même vendu, le cœur serré, la plus belle portion des terres des héritiers Lafleur, dans les grandes plaines fertiles encerclées des montagnes qui dominaient Anse Bleue vers le sud. Des montagnes aux flancs encore verts, très verts, même si quelques fines lignes claires striaient déjà leur épaisse chevelure.

Anastase Mésidor, à l'immense surprise de Bonal, paya argent comptant, un grand sourire aux lèvres. Une pitance que Bonal devrait partager avec une cohorte de prétendants dont les titres étaient loin d'être les plus clairs qui soient. En regardant son pouce taché d'encre, Bonal se rappela les démêlés avec la longue liste des frères et sœurs, cousins et cousines, les premiers lits, les seconds, les troisièmes, et les autres. Sans oublier tous ceux qui ne manqueraient pas de surgir des terres environnantes à l'annonce de cette vente. Un jour, il avait voulu arrêter de compter les ayants droit, après qu'un affrontement entre branches rivales avait failli s'achever dans le sang des machettes. Chacun rappelant du tranchant de sa lame l'événement qui avait fixé les bornes et les lisières. Si Bonal avait tenté d'arrêter de compter, le morcellement des terres n'avait guère cessé pour autant. Tandis qu'il quittait l'étude du notaire, Bonal, se remémorant l'incident, secoua la tête de droite à gauche sous son chapeau de paille avachi, effiloché aux bords, tout en tâtant les billets dans la poche droite de son pantalon.

Tous ces souvenirs finirent par tisser dans sa tête un écheveau de sentiers sombres ne menant nulle part. Il fut pris d'un léger vertige. Et puis il y avait surtout ce sourire d'Anastase Mésidor. Pas net. Trop beau pour être vrai. Un sourire qui lui donnait froid dans le dos. Un sourire qui ne laissait rien présager de bon. Il s'en remit un instant au Grand Maître tout là-haut, en soupirant, la gorge sèche. Mais Dieu, le Grand Maître, était bien trop loin pour étancher sa soif, et Bonal, tâtant à nouveau ses billets, se décida pour quelques bonnes rasades de *clairin**. Pas un de ces *trempés** dans lequel auraient macéré herbes, épices et écorces. Non. Un bon *clairin* sans mélange, qui lui saisirait la langue, lui brûlerait la gorge et réveillerait son âme au milieu de belles flammes afin que, l'espace de quelques heures, sa vie lui apparût comme une route lumineuse. Sans ronces. Sans halliers. Sans *bayahondes*. Sans Anastase Mésidor. Sans famille encombrante. Fluet sur des jambes aux muscles saillants, menton légèrement en avant, il avança d'un pas décidé en direction de Baudelet.

« Que de rejetons pour tous ces hommes ! Que de rejetons ! Dix, quinze, vingt et même davantage ! » soupira Bonal. Pourtant, cette idée de rester vert jusqu'à la tombe le ragaillardit, et il eut une pensée douce et fugace pour une jeune *femme-jardin** de Nan Campêche, travailleuse, caressante, aux cuisses puissantes, et qui lui avait donné deux fils. Il sourit en passant légèrement la main sur sa barbe épaisse et accéléra le pas, comme pour courir après ces visions, malgré le *pian** qui lui mangeait le talon gauche.

Mais, de peur d'être roué de coups par les Marines et soumis de force à l'une de leurs redoutables corvées ou, pire, d'être abattu sans sommation pour peu qu'on le confondît avec un des rebelles *cacos**, Bonal se ravisa. La peur au ventre mais agile comme un chat sauvage, il préféra emprunter les sentiers abrupts. Cette peur à tordre les boyaux, qu'il fallait dompter, apaiser, il ne la connaissait que trop bien. Peur acide et douloureuse. Peur qui ne desserrait jamais son étreinte. Attachée à nous comme une seconde peau. Plantée en nous comme un cœur. La peur, un cœur à elle toute seule. À côté de celui pour aimer, partager, rire, pleurer ou se mettre en colère. Alors, aux grands chemins, Bonal choisit l'avancée en solitude. Dans les fourrés et les *bayahondes*. L'avancée jusqu'à l'invisible. Là où personne ne vient nous chercher. Là où sont les ombres : dans le regard des bêtes, sous l'écorce des arbres, dans le sifflement du vent, sous les feuillages, dans la pierre sous l'humus. Il toucha la petite boursouflure sous son bras gauche et s'en alla marcher dans cette lumière étrange des sous-bois. Là où il pouvait se confondre avec le souffle, la rumeur des éléments. Là où il pouvait être tout et rien à la fois. Là où Gran Bwa* veille sur ses enfants et terrasse la peur. Où il la réduit au silence. Bonal fredonna tout bas, plusieurs fois de suite, sans même s'en apercevoir :

> *Gran Bwa o sa w té di m nan ?*
> *Mèt Gran Bwa koté ou yé ?*
> Grand Bois que m'avais-tu dit ?
> Grand Bois où es-tu ?

Et avança d'un pas léger, léger…

5

Une fois sur le chemin de Baudelet, Bonal ralentit le pas pour n'éveiller aucun soupçon et revêtit notre visage des villes, celui du paysan toutes dents dehors, abruti par la faim et des divinités obscures. Qui ne sait rien, ne voit rien, rit et ne dit jamais non.

Bonal s'arrêta, comme toutes les rares fois où il se rendait à Baudelet, au grand magasin des Frétillon, non loin du marché. « Le paysan haïtien est un enfant, je vous dis. Un enfant ! » aimait répéter Albert Frétillon en tirant sur son épaisse moustache. Et nous acquiescions toujours d'un mouvement répété de la tête, penchée vers le sol. Ce qui rassurait Albert Frétillon, qui plaçait les pouces derrière ses bretelles et, pour mieux nous observer de haut, portait son cou légèrement allongé en avant, puis rajustait ses lunettes.

Les deux fils Frétillon, François et Lucien, et leur unique sœur Églantine, gantée et chapeautée, étaient partis en France sur un des grands paquebots qui régulièrement accostaient au port de Baudelet pour faire la fortune des comptoirs des deux côtés de l'Atlantique. Celle d'Albert Frétillon datait de deux générations, depuis qu'un aïeul originaire de La Rochelle s'était installé à Baudelet et avait engendré dans cette ville portuaire une lignée de mulâtres, bourgeois de province. Outre son négoce de café, Albert Frétillon préparait dans une *guildive** à l'entrée de la ville le meilleur *clairin* qui soit. Une fois l'eau-de-vie tirée, il passait le plus clair de son temps sur la galerie de sa demeure, contiguë à la boutique tenue par sa femme. Le commandant de la place, le juge du tribunal civil et le directeur de l'unique école de Baudelet s'y réunissaient, avec d'autres, pour se répandre en envolées lyriques et professions de foi.

Ce midi-là, Anastase Mésidor, après l'achat des terres de Bonal les avait déjà rejoints dans leurs diatribes enflammées. Les événements de ces derniers mois ne les lâchaient pas. Le directeur de l'école de Baudelet évoqua une fois de plus les villes bombardées par l'aviation américaine, la sanglante débâcle des chefs *cacos* : Charlemagne Péralte assassiné, attaché torse nu à une porte en bois et exposé sur une place publique, et Benoît Batraville, tué quelques mois plus tard. Le ton monta. Certains, comme le juge du tribunal civil, y allant de leur sens de l'honneur et, tout en se frappant le torse porté en avant, de leur amour débordant pour la patrie. D'autres, comme le commandant de la place et Anastase Mésidor, vantant les bienfaits de cette présence civilisatrice qui allait enfin mettre un terme aux luttes fratricides des sauvages que nous étions. «Oui, tous, nous sommes des sauvages !» En prononçant le mot «sauvage», Anastase aperçut Bonal debout devant la boutique et le désigna du doigt avec une insistance qui ne rassura pas ce dernier. Albert Frétillon, lui, avait acquiescé à toutes les opinions. Absolument toutes. La prospérité et la pérennité de ses affaires dépendaient de cette absence totale d'états d'âme et de cette conviction plantée en lui que, nous les paysans, nous ne grandirions jamais.

Bonal souleva son vieux chapeau de paille et leur offrit son plus large sourire. Il se serait même laissé comme d'habitude bercer jusqu'au vertige par les imparfaits du subjonctif et les mots en latin de ces messieurs si, depuis qu'il avait quitté l'étude du notaire, il n'avait ressenti une étrange prémonition que confirmait ce doigt pointé sur lui. Alors, cette inquiétude, il décida de la noyer elle aussi dans le *clairin* dont il rêvait depuis la vente des terres. Un vrai *clairin*.

À la première gorgée, juste à la sortie de Baudelet, Bonal se rappela bien sûr l'offrande à faire à Legba[*] pour ouvrir le passage aux divinités de la famille, celle à Agwé[*] pour que la mer les nourrisse encore longtemps, et celle à Zaka[*] pour que les *jardins* soient plus généreux. La terre lui parut déjà plus légère, à croire que le soleil au zénith avait dessiné un monde pur, net, dépeuplé. Il se dirigea d'un pas alerte vers le sous-bois, en direction d'Anse Bleue.

Bonal disparut le jour même. Sans Zaka, sans Agwé, sans Legba. Ceux parmi nous qui ne cherchaient pas noise aux puissants mirent au compte de l'ébriété son inexplicable disparition. D'autres affirmèrent avoir vu un groupe d'hommes à dos d'âne qui avaient sans doute dépouillé Bonal de son argent en lui faisant la peau après. Certains évoquèrent la présence d'une chèvre postée au bord du chemin et qui parlait distinctement en laissant apparaître deux dents en or. Quelques-uns jurèrent avoir vu une vieille qui, après avoir esquissé des pas étranges avec l'agilité d'une jeune fille, aurait disparu dans la gorge au fond de la ravine. Le tout sous l'œil indifférent de deux Marines debout, avec leur imposant fusil en travers de l'épaule.

Et chacun de nous en rajouta, en rajouta…

Pour tenter de lui ôter tout soupçon, Anastase Mésidor envoya un messager à cheval rencontrer Dieula Clémestal, la mère des quatre enfants de Bonal : Orvil, Philogène, Nélius et Ilménèse. Mais la colère lui serrait déjà tellement la mâchoire que Dieula ne prononça pas un mot. Pas un seul, de tout le temps que le messager se tint debout sur le seuil de sa maison, roulant gauchement son chapeau entre les mains.

« Honneur, madame Bonal ! C'est Anastase Mésidor qui m'envoie vous dire… »

Pour toute réponse, Dieula alluma sa pipe lentement. Très lentement. Aspira fort trois fois de suite sans jamais lever la tête. Puis cracha si bruyamment et si ostensiblement que l'homme prit congé sur-le-champ. Il n'osa même pas se retourner avant de disparaître sur son cheval au bout du sentier.

Cette scène, comme Orvil, le père d'Olmène, devait souvent le répéter plus tard, lui avait laissé sa première impression forte et indélébile sur ce qu'il était et ce que représentait ce messager. Sur ce qui était grand et ce qui ne l'était pas. Ce qui était fort et ce qui était faible. Sur le chasseur et la proie. Sur celui qui écrase et celui qui est broyé. Orvil Clémestal avait juste douze ans. Il se blottit, ainsi que sa jeune sœur Ilménèse, dans les jupes de sa mère.

Le soir même, Bonal apparut en songe à Dieula – « comme je te vois là », avait-elle affirmé à ses enfants et à nous tous. Et Bonal lui avait tout raconté. Absolument tout : la vente des terres, les sentiers cachés jusqu'à Baudelet, le doigt pointé sur lui, l'achat du *clairin* et, sur le chemin, une douleur aiguë au dos. Infligée par la pointe d'un coutelas. Et puis rien. Plus rien.

Le lendemain, avec Orvil, son fils aîné, elle se rendit à l'aube, et sans l'ombre d'une hésitation, à l'endroit exact où se trouvait le corps de Bonal : au fond d'un ravin, au milieu de ronces et de *bayahondes*. Les poches de Bonal étaient vides et, autour du corps qui commençait à gonfler, s'agitaient une nuée de mouches. Nous étions médusés, choqués, mais pas le moins du monde surpris. Dieula ne fit que nous confirmer la puissance des rêves, la force et la solidité des mailles qui nous reliaient aux Invisibles. Nous avons hurlé notre douleur, puis nous nous sommes tus. Retournant à notre placidité. À notre retenue. À notre silence paysan.

Le service pour Bonal se déroula sans tambours. Sans pleureuses. Larmes ravalées. Sans cris tirés des entrailles des femmes. Sans réminiscences tapageuses des événements saillants de la vie du défunt. Juste des gémissements et des murmures dans le balancement saccadé des corps d'avant en arrière. Prêtres, gendarmes et Marines n'en surent rien. Un service lugubre et triste avec l'unique son de l'*asson**, les prières, le chagrin et les chants coincés entre la gorge et la bouche. Malgré les trois mots sacrés murmurés à l'oreille de Bonal et toute l'habileté de Dieula, *mambo** réputée, le défunt ne désigna aucun d'entre nous pour accueillir son *mèt tèt** et maintenir l'héritage et le sang. Le *désounin** avait échoué, et Bonal était parti en emportant ses Esprits avec lui. Ceux qui le gouvernaient, gouvernaient sa maison et protégeaient le *lakou**. Et nous n'étions pas certains qu'il avait entendu tous nos messages à nos Morts, à nos *lwas** et tous nos Invisibles. Alors nous avons tous craint pour la protection et la vie du *lakou*. Nous avons craint pour chacun de nous.

Une fois Bonal mis en terre non loin de sa case, Dieula invoqua une journée et une nuit entières tous ses Invisibles. Tous. Ses dieux et ses Esprits. Les Invisibles du côté paternel et ceux du côté maternel. Les vaillants, les aimants, les sages, les compatissants, les redoutables : Ogou Kolokosso, Marinette Pyé-Chèch, Grann Batala Méji, Bossou Trois Cornes, Ti-Jean Pétro, Erzuli Dantò et tous les autres…

Le surlendemain, sa chaise basse adossée à la porte de sa case, Dieula entama une psalmodie étrange qui semblait venir de loin. Non point de ses entrailles mais de plus loin. Du cœur même de la terre. Et qui traversait ses jambes, retournait ses viscères. Et de sa gorge montait comme un fil dans les aigus jusqu'au-delà du firmament. Aucun d'entre nous n'osa la déranger de peur de casser ce fil. Elle fredonna sans jamais s'arrêter :

> *Yo ban mwen kou a*
> *Kou a fè mwen mal o !*
> *M ap paré tann yo*
> Ils m'ont frappée
> Le coup m'a fait très mal !
> Je les attends au tournant

Et puis, lentement, Dieula se leva, revêtit une robe de grossier coton bleu, serra un mouchoir rouge autour de sa tête et un autre à sa ceinture, auquel elle accrocha un gobelet en émail, la moitié d'une petite calebasse vide et un sac, contenant sa pipe et un peu de tabac. Elle convoqua Orvil, son fils aîné, et lui dit qu'elle avait à faire et qu'elle reviendrait bientôt. Nous l'avons vue disparaître de l'autre côté du morne Peletier. Sans un sou, sans pain, sans eau, elle marcha dans les fourrés, les *bayahondes* et les halliers, quémandant nourriture et gîte pour faire pénitence et implorer ses divinités de l'exaucer.

Dieula revint l'après-midi d'une veille d'ouragan, sous un cortège de nuages menaçants. Elle ne voulait pas être emportée par la crue de la redoutable rivière Mayonne, nous dit-elle. La pénitence avait duré un long mois. Pour preuve, ses pieds rudement mis à mal et cette douleur au bas des reins. Nous avons crié, pleuré, dansé et ri, en la voyant revenir. Nous l'avions tous attendue, confiants et inquiets à la fois. Dieula était épuisée, mais avec des yeux clairs comme un ciel d'après la pluie. À croire que tout le temps où nous ne l'avions pas vue, ses yeux avaient trempé dans la lumière. Ou le feu. Ou les deux.

Elle s'assit avec difficulté sur sa chaise basse paillée au seuil de sa case, les pieds ensanglantés et couverts d'ampoules dans ses sandales dont le mince cuir avait été fortement malmené par la poussière des sentiers et l'eau des rivières et des ruisseaux. Elle se déchaussa et demanda à Orvil de remplir une bassine d'eau pour qu'elle y soulageât ses pieds, puis réclama à boire et à manger. Elle avala une pleine gamelle de maïs aux haricots noirs et des bananes musquées, Orvil et Philogène debout derrière elle, et les deux petits chacun à ses côtés.

Quatre jours après son retour, le quatrième fils d'Anastase Mésidor, qui était né deux années après Tertulien, mourut contre toute attente. Typhoïde, empoisonnement, méningite fulgurante ? Les Mésidor ne l'ont jamais su. Nous, à Anse Bleue, Ti Pistache et Roseaux, sans rien en dire, nous avons cru dur comme fer, et nous le croyons encore, que Dieula Clémestal avait pris la mort par la main pour la conduire en toute docilité chez les Mésidor.

Après la mort de Bonal, notre *danti*[*] d'alors, la vie du *lakou* fut faite de prudences et de vigilances. Nous vacillions, et nous avons eu peur de tomber jusqu'au jour où Bonal apparut en songe à son frère, Présumé Lafleur. Ce dernier nous réunit tous au petit matin à l'entrée de sa case pour nous raconter l'étrange rêve : « J'ai vu Bonal se diriger vers moi, droit comme un piquet. Dieula marchait devant lui mais c'était comme si elle avait rapetissé, et c'est Orvil, avec un poitrail immense, qui les menait tous les deux. » À mesure que Présumé Lafleur racontait son rêve, des larmes coulaient sur les joues de Dieula. Elle était soulagée et dans un grand contentement. Présumé poursuivit : « Je suis resté debout, raide de saisissement. Et, au moment où j'ai soulevé le pied pour avancer vers mon frère, il a disparu au-dessus des eaux en m'indiquant Orvil du doigt. Et Dieula pleurait, pleurait, comme elle le fait là devant nous. » Nous avons tous cru Présumé sur parole et nous nous sommes inclinés devant la volonté de Bonal de faire d'Orvil son héritier, et le nouveau *danti* du *lakou*.

Dieula assura quelques services aux divinités, attendant qu'Orvil eût franchi toutes les étapes de son initiation jusqu'à la prise de l'*asson*. Celle-ci s'acheva quelques semaines avant le départ de son frère Philogène pour Cuba, une année avant la mort de Dieula et trois mois après le départ des Américains de l'île.

Orvil devint notre *danti* et veilla à tout, à la pêche, aux travaux dans les *jardins*, aux châtiments, aux services aux divinités, à notre protection contre les plus puissants que nous comme les Mésidor, les Frétillon, le commandant de la place. Notre protection contre tous ceux qui nous ressemblent comme deux gouttes d'eau, mais qui ne sont pas nous. Qui ne sont pas du *lakou*. Il veilla à ce que l'ambition ne fît jamais son nid dans aucun des cœurs du *lakou*. Aucun. Nous étions les branches d'un même arbre, soudées au même tronc, et nous devions le rester.

Mais Orvil, tout *danti* fût-il, ne put rien contre les premières blessures ouvertes d'où fusa le sang de la terre. Contre les premières cicatrices qui saillirent des flancs des mornes. Contre les rivières exsangues qui maigrissaient, maigrissaient. Contre la terre et la rocaille qui encombraient les pieds des versants à mesure que nous les défrichions. Contre la montée en puissance des ouragans. Contre la sécheresse chaque fois plus dévastatrice qui leur succédait. Contre ceux qui partaient, se détachant de l'arbre pour une raison qui n'était pas l'ambition, mais qui lui ressemblait beaucoup. Orvil ne put rien contre ces événements qui ne semblaient vouloir tracer, droit, tout droit, que le chemin à sens unique et sans retour de la fatalité.

6

Rien ne bouleversait davantage Olmène que ces faits de haine, de larmes et de sang entre les Lafleur et les Mésidor. Orvil, son père, les ravivait quelquefois comme s'ils avaient eu lieu la veille et non quarante années plus tôt. Pourtant, rien ne la troubla autant dans cette aurore que le regard de seigneur et de voyou de Tertulien Mésidor. Un vent venant des montagnes agitait les vagues. Olmène regarda la mer, qui lui sembla respirer pareillement à une bête étendue sur le dos, agitée par le flux et le reflux du sang de toutes les créatures et des âmes, là, dans son flanc. *Nan zilé anba dlo*, dans l'île sous les eaux. Elle salua secrètement les Morts, les Ancêtres et les Mystères. Décidément, le passage fugace et extravagant de Tertulien Mésidor l'avait plongée dans un désordre étrange. Étrange mais si bienfaisant… Nous étions troublés, nous aussi, par cette apparition rapide et fantasque, mais nous avons laissé Olmène s'abandonner… Pour goûter à ses premiers émois de femme.

On prétendait que Tertulien Mésidor tenait son pouvoir et son argent d'un pacte avec le diable. Qu'il cachait dans la poche droite de son pantalon un laissez-passer à l'encre forte délivré en bonne et due forme par l'une de ces sociétés secrètes, Zobop, Vlingbinding ou

Bizango, qui surprennent les innocents aux carrefours des chemins la nuit. On disait même qu'il régnait en empereur sur l'une d'elles. On disait que dans la pièce à l'étage, tout au fond côté sud, aux portes toujours fermées, il cachait une créature hideuse avec deux cornes au-dessus de la tête et une queue en tire-bouchon. Sans l'avoir jamais vue, plusieurs d'entre nous juraient l'avoir entendue hurler certains soirs de pleine lune. On avait raconté à la mort de son quatrième fils, Candelon, qu'il l'avait livré en échange de cette richesse et de cette puissance à un dieu avide de sang, Linglinsou ou Bossou Trois Cornes.

« Mais on dit tant et tant de choses », pensa Olmène. Elle chassa le sang qui lui montait au visage et, avec ce sang, toutes ces choses dites et redites, répétées et rabâchées, laissant l'étonnement s'engouffrer en elle comme un orage d'août.

Et puis, comme pour Dieu, si nous craignions Tertulien, son pouvoir nous fascinait malgré nous. Malgré les souffrances qu'il nous infligeait, il nous fascinait. Comme nous avait fascinés son père, Anastase Mésidor. Malgré les plaies, la soif, les douleurs et la faim. Et, puisque Dieu fait trembler la terre, déborder les eaux et s'écrouler des montagnes, au fond de lui Tertulien s'était peut-être mis en tête de lui ressembler. Peut-être voulait-il le surpasser en faisant saigner même les étoiles et les pierres. Il était entouré de cette aura que la puissance confère aux plus forts et qui fait que, nous les conquis, nous baissons si souvent la tête et, nez contre terre, respirons dans le noir.

Quand, quelques années avant sa mort, un litige avait opposé son père, Anastase Mésidor, à des hommes arrivés de la grande ville, cinq hameaux et villages des environs, dont Anse Bleue, s'étaient armés de machettes, de coutelas et de *bâtons gaïacs**. Et, le *clairin* aidant, avaient repoussé l'assaut. Les Mésidor avaient subi un affront de conquérants venus d'ailleurs et, à travers eux, nous nous étions tous sentis insultés. Tous. Sans exception. Allez comprendre ! Mais nous sommes ainsi faits. Cette bataille rangée, qui mit en déroute les assaillants, scella un pacte étrange, encore un, entre les Mésidor, Anse Bleue, Ti Pistache, Morne Lavandou, Pointe Sable et Roseaux. Tout redoutables et cruels qu'ils fussent, les Mésidor étaient des nôtres. Nous en étions même fiers. Mais qu'on ne s'y méprenne pas pour autant. Sous l'insulte partagée, sous la fierté fouettée, sommeillaient la méfiance et la peur. Celles de toujours. Qui soufflaient des terres intérieures comme un léger vent noir, balayant l'herbe des collines, traversant les âmes et dévalant les pentes arides jusqu'à la mer. Pour de nouveau remonter vers les terres intérieures et redescendre encore les collines. La méfiance et la peur, pour nous, d'une cruauté nouvelle, insoupçonnée des Mésidor, et, pour eux, celle d'une vengeance imprévisible de notre part. Qui sait ?

Lorsque Tertulien Mésidor rentra chez lui après son passage au marché de Ti Pistache ce matin-là, contrairement aux autres jours il ne pensa ni à son commerce de denrées ni à ses accointances politiques, encore moins à sa femme, Marie-Elda. L'image d'Olmène avait déjà pris ses droits sur son être entier et tout balayé. Absolument tout. En lui s'aiguisait une appétence d'homme, qui faisait briller ses yeux dans la chaude lumière de ce début d'après-midi. Il goûta à peine ce que les domestiques lui présentèrent à table et ne s'aperçut même pas de la présence de son épouse. « Ça va, je n'ai plus faim. J'ai assez mangé. » À ce moment précis, Tertulien Mésidor avait envie d'une toute jeune femme. D'une seule. D'une paysanne comme il les aimait. Et non d'un repas.

C'est le regard de cet homme-là qu'Olmène avait soutenu au marché de Ti Pistache. Elle avait gardé les yeux levés un long moment, mais avait fini par les baisser face à ce cavalier qui aurait pu être son père et qui avait enlevé son chapeau pour lui parler à elle, la fille d'un pêcheur et d'une paysanne. Elle lui avait trouvé le front haut et serein d'un homme qui, contrairement aux légendes, contrairement à ce que tout Anse Bleue marmonnait en grinçant des dents, semblait avoir la conscience tranquille. De cette même tranquillité avec laquelle il s'en était allé à l'intérieur des terres vers sa grande maison aux larges portes et sa kyrielle de domestiques.

Ermancia, comme les autres femmes du marché, comme nous tous, était prise entre crainte et enchantement. L'enchantement que provoque l'attention d'un homme aussi puissant, et la crainte des conséquences souvent néfastes d'un tel pouvoir sur nos vies.

7

Le premier moment de stupeur passé, l'homme que je ne connais pas, après avoir reculé, s'est de nouveau avancé vers moi. Il s'est encore penché, les yeux écarquillés. Et j'ai vu son visage se déformer lentement en une étrange grimace, ses mâchoires s'affaisser, sa bouche s'ouvrir tandis que ses lèvres tremblaient. C'est alors que, tout à coup, ce visage s'est ramassé sur lui-même et que l'homme s'est mis à crier de toute la force de ses poumons des noms que je ne connaissais pas : « Estinvil, Istania, Ménélas, anmwé, osékou, à moi, au secours. » Il hurlait par moments des mots que l'effroi cassait, rallongeait, déformait, mélangeait. À croire qu'une digue avait lâché. Et qu'il ne pouvait plus arrêter le flot qui giclait de sa bouche.

Moi, je voulais lui demander d'arrêter. Lui dire que je lui expliquerais. Et comme je ne pouvais pas le faire, il a bien sûr continué à crier de plus belle. C'était terrible !

Et puis il a comme pris son courage à deux mains et s'est avancé encore plus près de moi, la tête penchée en avant, et a ouvert toute grande sa bouche édentée. Pas moyen de reculer ni d'échapper à son haleine de nuit. Pas moyen. Une haleine à vous retourner l'estomac.

Envie de me noyer dans le sommeil. Juste quelques minutes. Genoux contre le menton. Yeux fermés. Close dans le sommeil comme dans un œuf.

Laisser la nuit glisser sur ma peau. Avec le souvenir du froid de la lune. De l'eau ridée qui étincelle en paillettes.

À la lisière du village, un coq s'égosille. Un autre lui répond. Tous deux appellent un jour qui a du mal à se faire voir.

« Ne fais pas ce que tu pourrais regretter, martèle ma mère. Ne le fais pas ! »

Mon sang bat hors de moi dans ce vent où j'entends ce halètement sourd, le cliquetis d'une boucle qui se défait... Et le membre froid, dressé comme un bâton... Ma nuque heurte le sable. La déchirure. Mon corps est soulevé de terre. La douleur autour du cou... Et puis la nuit... La mer... Encore la nuit. Liquide. Noire.

De toute façon, dans cette histoire, il faudra tenir compte du vent, de son souffle salin sur nos lèvres, de la lune, de la mer, d'Olmène absente... De la terre qui ne donne plus. De la mer avare. Et des étrangers venus d'ailleurs avec leurs coutumes pas d'ici. Leurs habits, leurs cigarettes américaines, leurs corps, leurs odeurs et leurs chaussures qui nous font de l'œil...

Et moi qui ne voulais plus être de ce lieu, me voilà poudrée de sable, couronnée d'algues et languissant après Anse Bleue.

« Osékou, anmwé. » *Là maintenant, les cris de l'inconnu cognent fort dans ma poitrine. Se confondent étrangement avec ceux de mon frère il y a trois jours dans la nuit.*

Mon frère s'arrête sur chacune des syllabes de mon nom. Il a dû mettre les mains en porte-voix pour les faire voyager. Loin, très loin. Et puis les cris des autres qui avec lui bravent la nuit, le vent et l'eau pour crier mon nom. « Koté ou yé ? *Où es-tu ? Réponds !* »

Les habitants d'Anse Bleue trouaient la nuit et l'eau, les yeux ouverts comme des baleines.

8

Bien qu'il ne leur restât pas grand-chose à vendre
– Tertulien Mésidor leur ayant beaucoup acheté dans
les premières heures du matin –, Olmène et Ermancia
décidèrent de rejoindre les autres femmes au marché de
Baudelet, plus grand et plus achalandé que celui de Ti
Pistache. La chaleur pesait déjà sur les sentiers menant
au morne Peletier, engourdissant *chrétiens-vivants*,
bêtes et plantes. Faisant gémir jusqu'à la rocaille sur
les chemins. Rien pourtant ne freina leur course sur ces
sentiers battus par les pieds, durcis et polis par le soleil
et le vent comme la brique.

Les jours de marché, Olmène ressentait davantage
le poids de la fatigue pour avoir devancé l'aube avec
les enfants du *lakou*, puis escaladé et dévalé la colline,
une calebasse sur la tête, une autre dans une main, à la
recherche d'eau. Mais elle avait déjà oublié ses jambes
douloureuses, ses pieds meurtris, et marchait droite
comme un cierge à la suite d'Ermancia. Elle accéléra
le pas vers les bourgs de l'intérieur, laissant la mer
s'alanguir dans son dos. Ce monde étale derrière elle,
ce grand pays liquide, pouvait pourtant à tout instant
l'avaler dans son ventre immense, silencieux, féroce.
Tantôt végétal, clair et si rassurant, le monde vers
lequel elle s'acheminait pouvait aussi sans crier gare la

45

tourner, la figer et la retourner dans ses descentes d'eau, ses orages et ses falaises. Ces mondes nous avaient déjà pris un père, une cousine, un frère ou un oncle. Entre les premières percées de lumière du *devant-jour* et les soudaines chutes d'ombre de l'après-midi, Olmène posait un pied après l'autre, agile et tranquille, dans l'arrogance, l'extravagance et la puissance de ces mondes.

La route parut plus longue ce jour-là à Olmène à cause du silence de sa mère, qui jamais ne mentionna l'insistance de Tertulien Mésidor à vouloir acheter leurs marchandises. Ermancia faisait celle qui n'avait rien vu. Rien entendu. Olmène se laissa glisser dans ce même rond de silence, suivant sa mère à la trace. Pourtant Ermancia ne pouvait s'empêcher de penser à Tertulien Mésidor, qui ressemblait comme deux gouttes d'eau à son père, Anastase Mésidor, qui avait couvert sans ménagement et sans retenue, au gré de ses déplacements, tant de femelles dont il avait oublié le nom une fois eues. Peuplant ainsi la côte entière sur des kilomètres à la ronde, et les montagnes alentour, d'enfants dont il ignorait le prénom, dont il ne connaissait pas le visage. Même les femmes qu'il épargnait de sa convoitise d'ogre, si elles se signaient après son passage, étaient intriguées par tant de puissance. Olmène et Ermancia le furent aussi ce matin-là.

Elles gravirent la montagne, sentant à peine le calcaire rugueux leur meurtrir la plante des pieds, leur couper les talons. Olmène avait fini par oublier ces douleurs, sa mère lui ayant tant de fois répété que des pieds incapables d'affronter les pierres et la rocaille ne servaient à rien, étaient inutiles : « Dieu t'a donné des pieds pour que tu t'en serves ! » Elles étaient parties très tard ce jour-là et accélérèrent le pas pour ne pas être surprises par un soleil trop ardent. Il était déjà à peine soutenable à cause de la barre étale de la mer. À perte de vue. Qui renvoyait la lumière comme pour condamner la terre au feu.

Au premier tournant tout en haut du morne, Olmène retrouva les premiers arbres d'un vert sombre, qui ne poussaient pas dru mais échappaient déjà à la sauvage aridité de la terre d'Anse Bleue. À l'entrée de Roseaux, Ermancia et elle marquèrent une pause, le temps de s'essuyer le visage, de se soulager la vessie, d'attraper chacune deux *mangues fil* et d'y planter les dents. Le temps aussi de bavarder quelques minutes devant l'établi de Mme Yvenot, qui leur offrit la moitié d'un avocat et une *kasav**. Olmène ne put s'empêcher de regarder les nouvelles chaussures de Mme Yvenot, noires avec une boucle sur le côté. Cela faisait deux mois qu'elle en rêvait toutes les fois qu'elle la croisait.

Récemment revenue de la République dominicaine, Mme Yvenot leur vanta les gains juteux réalisés là-bas sur la vente de vivres et de *pois Congo*. Ce qu'Ermancia savait de la République dominicaine avait commencé au moment des repas partagés avec Joséphina, une commère de sa mère à Duverger; puis il y avait eu les échanges de denrées avec Pedro, Rafael et Julio à Bani; et ça s'était arrêté avec une mort, du sang, une cicatrice à son avant-bras gauche et une incisive en moins. Elle avait échappé au massacre de Trujillo parce que sa mère l'avait recouverte de son corps et avait rendu le dernier soupir sous les coups répétés des machettes et le son haineux des voix qui criaient: « *Malditos Haitianos, malditos* ». Des événements qui quelquefois défiguraient ses joies ou peuplaient ses insomnies malgré la fatigue des jours. Ermancia ne voulait même pas prononcer le nom de cette partie de l'île, et se contenta d'écouter Mme Yvenot en silence.

Au détour d'une phrase, celle-ci, l'œil insinueux et perfide, leur demanda les raisons de leur retard. Rien de tel pour précipiter le pouls de Mme Yvenot, médisante, *mal parlante*, que d'exhiber le linge des autres afin de se vautrer dans le sel des larmes, le rouge du sang ou le poisseux des semences. Et renifler en jubilant l'odeur du malheur. Ermancia lui répondit qu'Orvil avait eu du mal à se lever le matin à cause d'une douleur au bas des reins. Mme Yvenot, satisfaite de ce début de confidence, lui rappela qu'elle finirait par tuer son vieillard de mari : « Tu vas l'achever, Ermancia ! » Elles rirent toutes les deux à s'en tenir les côtes. Ermancia enchaîna avec l'histoire d'une femme qu'elle avait connue dans son village natal et qui un jour… Elle chuchota la suite à l'oreille de Mme Yvenot. Et, quand elles rirent à nouveau, Olmène se joignit à elles, non point à cause de leurs mots, qui avaient été murmurés et dont elle n'avait pas tout saisi, mais à cause des seins énormes de Mme Yvenot qui étaient secoués dans tous les sens comme deux chevaux fous, chaque fois qu'elle s'esclaffait. Ce qui ne fit pas oublier à Olmène le mensonge d'Ermancia, et aiguisa un peu plus sa curiosité pour cet homme d'âge mûr surgi de la brume et qui avait pu faire mentir sa mère.

Au marché de Baudelet, elles s'assirent à leur place habituelle, sous le feuillage d'un des rares acacias qui se dressaient dans ce vaste espace où s'échangeaient ce que les terres produisaient – mangues, avocats, bananes plantains, patates douces, fruits à pain, légumes, petit mil et maïs – contre ce que la ville offrait – des allumettes, du tissu dans un épais coton bleu, du savon et des ustensiles en émail. Ce coin où elle s'était installée avec sa fille, Ermancia l'avait gagné au terme d'une lutte acharnée. Elle en avait pris possession le lendemain du jour où Grann Méphise, une vendeuse plus âgée qui la tenait sous sa protection, était morte sans laisser de fille, de nièce ni de filleule pour hériter de l'emplacement. L'imprudente qui y avait placé ses pieux juste après ce décès devait encore s'en souvenir. Ermancia s'était plantée devant elle, les mains sur les hanches, la jupe légèrement remontée sur le côté, et l'avait mise au défi : «Tu restes à cette place une seconde de plus et je ne réponds plus de moi ! » Après les jurons d'usage, nous avions empêché les deux femmes d'en venir aux mains, et la question fut tranchée par un tribunal improvisé qui reconnut sur-le-champ les droits d'Ermancia.

Olmène aimait cette obstination de sa mère, qui défiait tout : le jour, la nuit, les *chrétiens-vivants* et les animaux. La terre pouvait s'enflammer, les eaux quitter leur lit, elle ne cédait pas. Elle avançait. Elle allait jusqu'au bout. Ermancia rongea, chaque jour de marché, un petit bout de terre supplémentaire. Ce qui lui permit au bout de trois mois de pouvoir étaler sa marchandise en toute tranquillité dans un des coins les plus convoités du marché de Baudelet.

Mais Ermancia ne se contenta pas du marché. Elle s'arrangea pour faire la conquête de Mme Frétillon, en lui proposant ses plus belles aubergines, ses ignames, ses haricots, sans compter ses feuilles de tabac aussi longues qu'un bras d'homme. Très vite, elle devint la pourvoyeuse favorite de Mme Frétillon, qui allait même jusqu'à lui réserver une tasse de café les jours de marché.

Lucien, un des fils d'Albert Frétillon, contrairement à sa sœur Églantine, restée en France, et à son frère François, installé à Port-au-Prince, aimait l'avidité de ce comptoir de province qui avait fait la fortune de ses ancêtres. Il avait épousé Fatme Békri, une

Syro-Libanaise. C'était déroger en ce temps-là, pour un bourgeois, fût-il de province, que d'épouser une Syro-Libanaise. Mais Lucien savait qu'elle n'aurait pas sa pareille pour transformer les marchandises en espèces sonnantes. Il plaça Fatme Békri Frétillon sous une caricature montrant un homme amaigri, en guenilles, face à un autre ventru, vêtu de riches habits. Sous la première image, on pouvait lire : *Je vendais à crédit*, et sous la seconde : *Je vendais au comptant*. À toute demande de rabais ou de crédit, Mme Frétillon, hypocrite caressante, pointait du doigt la caricature et la traduisait, à grand renfort de gestes pour les paysans, dans un créole doucereux teinté d'arabe : « *Ti chérrrie, mafifrouz*, je ne peux pas, *mwen pa kapab.* »

Olmène, debout derrière sa mère, aimait, comme son aïeul Bonal Lafleur quelque quarante ans plus tôt, observer les hommes assis sur la véranda des Frétillon. Toujours les mêmes : le directeur du lycée, un noir de jais ; le commandant de la place, un mulâtre de Jacmel ; et le juge du tribunal civil, un quarteron de Jérémie. Elle regardait tout, écoutait tout, et se souvint des rares fois où elle avait vu Tertulien Mésidor rejoindre ces messieurs pour deviser de questions qui dépassaient son entendement. De même qu'elles avaient dépassé l'entendement de son père ou de son aïeul Bonal Lafleur. Nous étions en 1960 et, pas plus que nous, Olmène ne savait qu'ils évoquaient l'homme au pouvoir, un médecin de campagne qui parlait tête baissée, d'une voix nasillarde de zombi, et portait un chapeau noir et d'épaisses lunettes. Parce qu'il avait soigné des paysans dans les campagnes et traité le *pian*, certains, comme le directeur du lycée, croyaient en son humilité, en sa charité, en sa compassion infinie. Quelques-uns, à l'instar du commandant et du juge, sentant que leur ancien monde de caste à peaux claires était menacé, se méfiaient de sa tête de paysan noir qui ne leur disait rien qui vaille. Mais vraiment rien qui vaille ! «*Bakoulou*, rusé», répétaient-ils à souhait. Tertulien, lui, se mordait les doigts de s'être laissé mener en bateau par le juge et le commandant, et d'avoir soutenu le rival de l'homme à chapeau noir et lunettes épaisses. D'autres, dont on ne saura jamais le nombre exact, eurent raison de croire qu'il serait désormais difficile dans cette île de se tenir à hauteur d'homme et de femme.

Comme nous tous, Olmène se demandait souvent si Dieu, le Grand Maître, dans sa grande sagesse, les avait créés, elle et les siens, avec la même glaise qu'eux tous. Et s'il avait mis autant de soin à sa création à elle qu'à la leur. Aussi bien ceux qui aimaient l'homme à chapeau noir et lunettes épaisses que ceux qui ne l'aimaient pas. Elle regarda ses pieds nus, l'auguste assemblée de ces hommes, la peau claire de Mme Frétillon et la voiture neuve de son époux. Il lui sembla que non. À nous aussi.

Olmène y pensa encore aux premières ombres du crépuscule, après s'être lavé le visage plusieurs fois, laissant les gouttelettes lui faire une peau de nacre. Et juste après s'être frotté, frotté les pieds jusqu'à leur enlever toute trace de boue. Elle y pensa encore à la tombée de la nuit, sur la galerie du marché, quand les femmes, visage et pieds propres, se réunirent toutes autour des *lampes bobèches*[*] et de l'unique réchaud de Man Nosélia pour siroter des tisanes et parler. Parler pour arracher à la nuit ces mots qui n'appartiennent qu'à elle. Des mots qu'elles tiraient de la clarté des jours, comme s'il fallait un peu d'obscur pour les saisir. Olmène aimait ces voix qui semblaient sortir d'un seul grand corps d'ombre. D'une unique bouche. Les

dansaient sur ces paroles brûlées, nues, de la
ène distinguait un profil rongé par les ténèbres
is que l'une des femmes se penchait pour
raviver le feu ou se servir un peu de tisane de cannelle,
d'anis ou de gingembre dans son gobelet d'émail. Ou
quand le visage de l'une d'entre elles surgissait des
volutes presque bleues de la fumée d'une pipe.

Elles se relayèrent sans faiblir, enchaînant une histoire après l'autre. Celles des percepteurs et des soldats,
toujours prêts à leur extorquer quelque chose. Les
frasques des concubins, l'impertinence des *matelotes**,
les soucis des enfants. Celles des *jardins*, où elles
s'esquintaient à faire pousser légumes, petit mil et
maïs. Celles du jardin le plus précieux, qu'elles, les
femmes, gardaient là, lové entre leurs hanches, et qui
n'appartenait qu'à elles. Et des hommes qui y avaient
fait une halte pour raviver des sources et allumer des
feux. Paroles de femmes qui disaient la grâce de Dieu,
la force des Mystères, les tribulations et les conten-
tements des *chrétiens-vivants*. Elle aurait écouté des
heures durant cette parole arrachée à l'épaisseur des
jours. Parce que le temps passé à se parler ainsi n'est
pas du temps, c'est de la lumière. Le temps passé à se
parler ainsi, c'est de l'eau qui lave l'âme, le *bon ange*.

Man Nosélia ne se sépara de sa pipe que quand elle
ressentit les premières brûlures dans la bouche et des
picotements dans les yeux. Elle rit une dernière fois
avant de soulager les plaies sur sa langue, l'intérieur
de ses joues et son palais avec une décoction de laitue
et de miel. Elle le fit bruyamment puis cracha un grand
jet de salive, se gratta les pieds, l'entrejambe et les
aisselles dans un bruit de cancrelat, et s'endormit, un
sourire oublié sur les lèvres.

Ermancia arrangea les quelques chiffons sur lesquels elle allait dormir avec sa fille. Elles refirent les comptes de la journée une dernière fois et passèrent en revue les projets pour l'avenir : une fois engraissé, le plus gros des deux porcs serait vendu pour permettre d'en acheter deux autres plus jeunes qui seraient engraissés à leur tour, et de nouvelles terres de l'État seraient colonisées pour les vivres.

« Même si, entre toi et moi, Olmène, la terre pour les vivres ne donne plus autant et que, si je m'écoutais, j'irais tout là-haut. Là où, dans une grande clémence, pousse le café. Là où les veines de la terre sont si fragiles, mais où le sol est encore généreux. » Et puis Ermancia soupira : « Mais c'est comme ça. »

Olmène l'écoutait avec attention tout en tentant de rattacher la mère à la vendeuse du marché, à la femme qu'elle découvrait. Ermancia s'en rendit compte et, juste avant de fermer les yeux, elle susurra à Olmène que l'on ne devait pas tout dire. Surtout pas aux hommes. « Même s'il t'offre un toit et prend soin de tes enfants. » Que le silence est l'ami le plus sûr. Le seul qui ne trahit jamais. « Jamais, tu m'entends », insista-t-elle. Olmène se blottit tout contre sa mère et posa la tête contre son ventre. Pour traverser avec elle ces terres silencieuses où l'homme n'a jamais pénétré qu'avec l'ignorance du vainqueur. Là où, tout conquérant qu'il soit, il ne sait pas s'aventurer.

Olmène entra dans la grande plaine de la nuit balayée par des vents contraires, pensant à la rencontre au lever du jour, au mystère qu'Ermancia semblait entretenir depuis, à la conversation du soir entre les femmes du marché et à ces derniers mots de sa mère. Elle sourit à l'idée de ce premier secret de femmes. De cette première complicité entre mère et fille.

Olmène regarda les étoiles dehors, semblables à des clous plantés dans le ciel. Comme nous, elle savait que Dieu les y avait enfoncées et pouvait en détacher une quand bon lui semblait pour envoyer des messages à des *hougans*** ou à des *mambos* puissants. Ou pour les poser dans leurs paumes ouvertes.

D'autres pensées lui venaient, claires parce que sans bruit, sans paroles. Ne réclamant rien. De ses lèvres s'échappa un soupir qui n'était pas que de fatigue. Un soupir que soulevait le souvenir du regard d'un homme. Le souvenir des yeux de cet homme posés sur elle comme des mains. Un plaisir diffus monta d'un point humide et chaud tout à l'intérieur. Elle se recroquevilla pour retenir cette onde inconnue. Un soupir s'échappa à nouveau, que personne ne devait entendre. Personne. Pas même Ermancia.

9

Avec quelques autres femmes, deux de Roseaux, une de Pointe Sable et deux de Ti Pistache, Olmène et Ermancia reprirent en début d'après-midi la route vers Anse Bleue. Se suivant, se regroupant, se suivant à nouveau. En meute comme des oiseaux migrateurs. Tache mouvante, jamais la même, sur les sentiers serpentant sous le ciel et le soleil. Olmène se sentit plus que jamais appartenir à ces femmes des quatre chemins. Ouvertes à tous les vents. Femmes à la même robe délavée, rapiécée. Femmes à la parole en lambeaux. Une force est endormie dans le balancement de leurs hanches, dans leurs voix aussi. Comme par-dessous l'humus, une nappe d'eau vive, une source de feu.

Il était à peine trois heures quand, sur le chemin entre Roseaux et Ti Pistache, elles croisèrent un jeune prêtre, de grandes plaques rouges sur une peau déjà passablement mise à mal par le soleil. Il avançait sur un âne tiré par Érilien, le sacristain de la chapelle de Roseaux, et qui transportait aussi un ensemble d'objets hétéroclites – une théière, deux gobelets en émail, des livres, une couverture. La sueur ruisselait de son front, le forçant presque par moments à fermer les yeux, et marquait sa soutane blanche de grandes auréoles sous les aisselles, dans le dos et au-dessus du ventre. Le prêtre soufflait comme un taureau. De son visage ron-delet saillaient des yeux globuleux. Volontaires et naïfs. Naïfs au point de croire que son entrée dans le monde de Ti Pistache, de Baudelet et d'Anse Bleue était une évidence et une nécessité, et que cette évidence et cette nécessité seraient irrémédiables. « C'est le nouveau prêtre, murmura Ermancia à Olmène. Il va à la chapelle Saint-Antoine-de-Padoue de Roseaux. »

Le jeune prêtre, qui portait une trentaine grassouil-lette mais fatiguée, enleva son casque à leur approche pour les saluer, s'essuyer le visage et le cou, se pré-senter et leur annoncer qu'il était le nouveau curé de Roseaux. Qu'il y construirait une belle église. « Je vous y attends pour écouter la parole de Dieu ». Ermancia sourit et acquiesça par un « Oui, *mon pè* » soumis. À peine audible. Les yeux fixant le sol. Érilien surenché-rit sur la piété de ces femmes qu'il affirma connaître depuis longtemps. Olmène sourit à son tour, examinant l'homme sous cape avec une attention aiguë. Leur sourire avait élevé un mur invisible auquel père Bonin – c'était son nom – se heurta sans même s'en rendre compte. Un mur que le sacristain les avait aidées à dres-ser avec ses mots. Ermancia et Olmène, debout derrière ce mur, regardèrent un moment le prêtre s'éloigner vers Roseaux. Érilien, ne voulant éveiller aucun soupçon chez le nouveau venu, n'échangea pas un seul regard avec les deux femmes et s'éloigna sans se retourner, la main tenant fermement la bride de l'âne. Le père Bonin poursuivit son chemin, épuisé par le voyage mais le cœur à l'ouvrage, l'âme plus légère, persuadé d'avoir admis deux nouvelles brebis dans son troupeau en marche sur le chemin du salut.

Entre Roseaux et le morne Peletier, Olmène, Ermancia et les autres femmes longèrent la rivière Mayonne, bordée de *malangas* aux larges feuilles violettes et de cressons comme des tignasses crépues, avec la même crainte au cœur, celle de voir *Simbi**** surgir entre deux galets et les entraîner vers une retraite dont elles ne reviendraient pas indemnes, comme la fille de Mme Rodrigue, une femme de Pointe Sable, qui avait disparu un midi et qu'on n'avait retrouvée que trois jours plus tard, errant à dix kilomètres de là, hagarde, à moitié nue et muette. Abandonnée par son *bon ange* au milieu des vents. Et, parce que la surface des eaux pouvait être un miroir imprévisible, quelquefois implacable, Ermancia se retourna pour s'assurer qu'Olmène la suivait et ne se penchait pas vers la rivière, tentant de surprendre ce qui pouvait la perdre.

Elles reprirent la route. À chaque montée succédait une descente qui ne conduisait pas à une plaine mais juste à une bande de terre qui préparait une nouvelle montée vers un étroit sentier bordant un dangereux abîme. Sentant qu'elles approchaient d'Anse Bleue, elles accélérèrent le pas en silence et gravirent la dernière colline.

Olmène et Ermancia aperçurent enfin Anse Bleue. Derrière elles, les perroquets venus des montagnes lointaines criaillaient, annonçant l'imminence de pluies. À l'horizon, le globe rouge du soleil déclinait dans les piaillements d'oiseaux aquatiques. Le vent brisait la crête des vagues en giclées d'écume qui venaient mourir sur le sable. Anse Bleue somnolait déjà. Elles descendirent la colline le pas léger, en courant presque, aimantées par le village. Olmène avait hâte de revoir Orvil son père, ses deux frères Léosthène et Fénelon, et toute la cohorte des tantes, oncles, cousins et cousines. Tous.

La route jusqu'à Anse Bleue avait été longue. Très longue. Elle menait à notre monde. Un monde sans école, sans juge, sans prêtre et sans médecin. Sans ces hommes que l'on dit de l'ordre, de la science, de la justice et de la foi.

Un monde livré à nous-mêmes, des hommes et des femmes qui en savent assez sur l'humaine condition pour parler seuls aux Esprits, aux Mystères et aux Invisibles.

10

La pêche du jour avait été moins bonne que celle de la veille, à cause des nasses qui ne tenaient plus la route. Orvil était parti dès le lever du jour avec ses fils, Léosthène et Fénelon, et ils avaient dû se battre deux heures durant avec une bonite qu'ils n'avaient finalement pas réussi à prendre, laissant tout autour d'eux une mer rouge de sang. Le *bois-fouillé** avait pris l'eau et ils avaient bien cru qu'il se retournerait avec eux et les quelques poissons qu'ils avaient pu attraper plus tôt. De retour à Anse Bleue, Léosthène et Fénelon grattèrent les écailles et firent sauter les entrailles avec leur coutelas, puis mirent les poissons à sécher dans du sel.

Mais, après cette pêche difficile au petit jour, Orvil était épuisé. «Vivre et souffrir sont une même chose.» Il l'avait toujours su. «Avec nos vies tout entières à traverser nos souffrances, talons fichés en terre pour ne pas vaciller. Et quand nous voulons lui lancer de féroces obscénités, à la vie, nous appelons les Mystères et les Invisibles, et nous la caressons, la vie, comme on dompte un cheval qui se cabre.»

À peine Orvil eut-il franchi le seuil de sa case qu'il dut intervenir pour soigner Yvnel, le fils de son jeune frère Nélius. Il mit son mouchoir bleu autour du cou. Bleu, la couleur d'Agwé, son *mèt tèt*. Il le portait toutes les fois qu'il devait travailler à la guérison de quelqu'un, aider à un accouchement difficile ou enlever un mauvais sort jeté sur un *chrétien-vivant*, une maison ou un *jardin*. Yvnel tremblait de la tête aux pieds, terrassé par une mauvaise fièvre. Orvil se dirigea vers l'arrière de sa case, dans le bosquet familial. Et là il arracha racines, écorces et herbes, qu'il broya, mélangea, malaxa dans un bol en émail en chantant dans un murmure :

> *Mèt Gran Bwa Île*
> *Zanfan yo malad*
> *Bezwen twa fèy sakré*
> *Pou m bouyi te*
> Maître Grand Bois Île
> Tes enfants sont malades
> Il me faut trois feuilles sacrées
> Pour préparer du thé

Le garçon avala en grimaçant trois gorgées d'un liquide verdâtre et visqueux dont seul Orvil détenait le secret. Quand il rejoignit la mère d'Yvnel, ce fut pour la rassurer.

Orvil s'assit enfin au seuil de sa case, saisit sa bouteille de *trempé* et versa trois gouttes dans la poussière pour les Morts avant de la porter à ses lèvres. Une fois. Deux fois. Plusieurs fois. La tombe de son père Bonal juste à côté de la case, entre pierraille et herbes sauvages, se détacha derrière les volutes de fumée bleue de sa pipe. Il se rappela le cavalier qui avait rendu visite à sa mère, Dieula, et la pénitence d'un mois. Il glissa dans une douce somnolence, *nan dòmi*, attendant que les Invisibles et les Morts viennent le visiter derrière ses paupières.

Et Bonal Lafleur ne tarda pas à lui faire un signe au-dessus de sa tombe. Un Bonal sobre, pensif, inquiet même, dans sa chemise d'épais coton bleu, trop large pour ses maigres épaules. Et, derrière Bonal, Orvil aperçut l'ombre furtive de Dieunor, l'aïeul *franginen*. Longue silhouette évanescente, front haut, visage émacié. Mais qu'il aurait reconnu entre tous, à cause de la cicatrice à la joue droite. Pas un jour ne s'écoulait sans qu'il ne pensât à Dieunor, sans qu'il ne se souvînt des enseignements de l'aïeul *franginen* dont Bonal, son père, s'était fait le passeur.

À l'arrivée d'Ermancia et d'Olmène, Orvil, la tête légèrement penchée en avant, somnolait encore sur sa chaise adossée au mur, à l'entrée de la case. Olmène observa les mouvements amples de son thorax comme ceux d'un animal au repos. Son visage immobile exprimait une profonde fatigue, qui se confondait étrangement avec un sourire oublié sur sa bouche. Orvil résista un moment à la main qui lui secouait doucement l'épaule. Ni Ermancia ni Olmène ne mentionnèrent l'apparition intempestive et inattendue de Tertulien Mésidor à la sécherie aux poissons du marché de Ti Pistache.

Orvil s'étira longuement et demanda machinalement si la vente avait été bonne. Ermancia fit une légère moue et lâcha un « Pas plus mal » routinier, alors qu'elles avaient tout vendu, et au prix fort. Elle tendit une partie, juste une partie de l'argent des ventes à Orvil, ainsi que le savon, l'huile et le carré de tissu qu'elle avait achetés chez Mme Frétillon. Ermancia lui promit qu'elle lui ferait confectionner une chemise neuve à Roseaux. Il acquiesça.

Quand elle lui demanda des nouvelles de ses fils, Orvil lui répondit que Léosthène venait encore de lui faire part de son désir de quitter Anse Bleue et de s'en aller en République dominicaine ou à Cuba. N'importe où, mais s'en aller. Comme Saint-Ange, le père des enfants d'Ilménèse. Comme Dérisca, cet homme de Ti Pistache parti vers la grande île et qui avait ramené, avec ses mots chantants comme des grelots – «*caramba, porqué no, si señor*» –, «des *guayabelles*** comme tu n'en as jamais vu et deux dents en or qui en disent long sur ce qu'un homme peut amasser là-bas à Cuba». Philogène, le frère d'Orvil, avant sa mort, avait pu acheter un four à pain à la mère de ses enfants, entre Roseaux et Baudelet. «Rien qu'à couper la canne, oncle Philogène l'a fait», répétait Léosthène.

«Pour Fénelon, on ne peut jamais savoir, ajouta Orvil. Jamais.» Autant Léosthène avait le cœur du côté du soleil et laissait tout voir : la joie, la peine, le tourment ou le contentement ; autant celui de Fénelon aimait l'ombre et le silence. Personne ne pouvait dire s'il voulait rester ou partir, s'il ouvrirait la main pour attraper un rêve, ou s'il cachait une colère noire ou une résignation dans son poing fermé. Personne.

Léosthène, lui, voulait s'en aller vers ces terres où la fortune caresse quelquefois les rêves des hommes comme lui. Des images tournaient à l'intérieur de sa tête dans une sarabande folle et il se répétait sans cesse : «*Mwen pralé*, je m'en irai. *Mwen pralé.*» Il avait enfoui sa rage de vivre tout au fond, et ne voulait la sortir que pour mordre à l'espoir. Orvil n'y avait pas prêté attention les premières fois où Léosthène avait prononcé ces mots, mais avait fini par accepter qu'ils le blessent comme des coups de machette. Le sang ne giclait pas mais c'était tout comme. Il y avait déjà eu tant de gens à partir. Trop de gens. Orvil, tous les jours, se disait qu'il traverserait aussi cette souffrance.

Tandis que la menace du départ de Léosthène planait dans la case, Olmène était encore sous l'effet de sa rencontre de la veille au matin. Fénelon, le fils cadet, ne disait rien, le regard perdu en chemin. C'est vrai que la mer ne donnait plus autant, et les *jardins* où poussaient les légumes de soleil rechignaient à en produire davantage. Orvil et Ermancia voulaient coloniser des terres de l'État laissées à l'abandon non loin d'Anse Bleue. «Ces terres donneront quelque temps. Et après? martelait Léosthène. Vous en prendrez d'autres. Et après?» Il le disait comme pour nous réveiller, nous sortir d'un rêve. Nous feignions de ne pas l'entendre. Craignant de sa part un refus d'hériter, un désir de nous échapper. De ne plus tenir sur les marches de notre sang. Lui, Léosthène, ne voulait simplement plus attendre et avait perdu toutes les raisons qui faisaient que nous avions toujours été non point dans l'attente, mais au-delà. Lui ne voulait pas. Ne voulait plus. L'impatience le tenaillait trop fort. Et nous n'avons pas pu le retenir.

C'est certainement ce soir-là qu'Orvil sentit que, même si vivre et souffrir étaient une même chose, il y avait dans la main rugueuse du vent, dans la morsure du soleil, dans le ventre des eaux, comme un orage qui s'annonçait. Cela faisait trop longtemps qu'il n'avait pas appelé les divinités de la famille et il en éprouva profondément le besoin. Il implorerait leur pardon pour les avoir négligées durant de longs mois. Même si les temps étaient difficiles. Parce que les *lwas* ont faim et soif, et même davantage que nous. Et qu'il faut pour cela les nourrir. Pour qu'ils nous protègent. Pour qu'ils veillent sur nous tous et ferment la porte au malheur.

Cilianise et Ilménèse, sa mère, avaient préparé pour tout le *lakou* des *bananes pougnac*, des haricots rouges et du petit mil, qui mirent un léger baume sur la faim. Et nous assurèrent que manger ensemble était une chose bonne et chaude. Que, dans ce cercle, la faim nous tenait comme le partage. Orvil chassa plus tard les humeurs tristes en racontant une énième fois, debout et à grand renfort de gestes, l'histoire de Dieunor, l'aïeul *franginen* disparu de l'autre côté des montagnes au début d'un après-midi, un mois de février. «Quand il ne tirait pas sur sa pipe, il buvait au goulot d'une bouteille dans laquelle il avait fait macérer épices, écorces et herbes dans du *clairin* et il ne mangeait que du *kabich*[*], du manioc, de la canne à sucre et des mangues. Rien d'autre. Les Invisibles étaient avec lui tout le temps. Tout le temps. Point besoin pour lui de les appeler longtemps et fort. Ils étaient là. Dieunor régnait au centre de ce *lakou* comme un grand *danti*. Comme *un roi*[*]. »

«Alors un jour…» Olmène, assise contre la chaise d'Orvil, son père, s'y accrocha comme pour retenir le temps. Et tourner le dos à la grisaille de l'âge qui s'annonçait déjà. Elle rejoignit dans la liberté des rêves, l'espace de quelques instants, la ronde des enfants qu'elle avait à peine quittée, là où prenaient place des nuages d'or, des rois des forêts, des ogres insatiables et Thésée, le poisson amoureux. Leurs rires fusaient chaque fois qu'Orvil imitait la voix puissante de l'aïeul. Qui aimait par-dessus tout se tenir au sommet de l'imposante cascade surplombant alors le morne Peletier. Olmène imagina l'ancêtre *franginen* debout comme au temps où Anse Bleue et le monde étaient encore une idée dans le ventre de la Genèse. Les mots prirent une couleur malicieuse et folle, et le contentement alluma

des étoiles dans les yeux et fit coucher les premiers
rayons de lune sur les toits.

Les nattes qui accueillirent Léosthène et Fénelon s'effilochaient aux bordures et regorgeaient de
punaises. Malgré la paille piquante, ils ne tardèrent pas
à s'endormir. La journée avait été rude. Le sifflement
agaçant des maringouins leur passait sur le visage,
les bras, les jambes. Tous avaient la peau criblée de
piqûres.

Ermancia, Orvil et leurs enfants allaient dormir dans
l'unique pièce de cette case. Dans l'odeur puissante,
génésique, des pauvres, celle têtue d'Orvil et d'Ermancia, celle plus acide des enfants et celle, âcre, des
adolescents aux hormones en bataille. Qui se mélangeaient aux relents de pelures et de feuilles croupies,
à la pestilence du trou au-dessus duquel nous nous
accroupissions loin pourtant derrière la case, aux exha-
laisons fauves des bêtes – les deux porcs, la truie, les
deux poules et le cabri.

Nous étions au mois de juillet, dans les chaleurs qui
annoncent les ouragans. Les premières gouttelettes de
pluie, lentes, épaisses, espacées, toquaient avec régu-
larité, pareilles à des pas nus, et se confondaient avec
le couinement des rats dans le chaume. L'obscurité
était descendue et nous submergeait avec ses secrets,
ses créatures étranges, ses mauvais airs. Chacun dans
sa case entama en silence les prières pour stupéfier les
bakas[*] : « *Vade retro Satanas* », et se rappela les simples
pour éloigner les diables.

Dans la case il n'y avait qu'un lit, celui d'Orvil
et d'Ermancia. Un matelas fait de bosses et de cre-
vasses qu'on aurait bien pris de loin pour de grosses
roches. Ermancia reçut Orvil sur ce matelas. Sans un

gémissement. Sans une plainte. Sans un mot. Jusqu'à ce que, dans un grognement, il se retournât contre le mur et s'endormît. Olmène avait gardé les yeux grands ouverts, les oreilles aussi. Elle pensait à certains soirs où les gémissements étouffés, les soupirs et les halètements d'Orvil et d'Ermancia, secoués de la tête aux pieds, rappelaient un lointain tumulte de chats.

Olmène se tourna et se retourna sur sa natte posée à même le sol, et finit par enfouir la tête dans les fripes rangées en tas comme dans le ventre d'une bête odorante. À cause de ce qu'Ermancia et Orvil venaient de faire, le souvenir de Tertulien troublait encore davantage Olmène. Un souvenir où se mélangeaient la curiosité, la crainte et les spéculations de toutes sortes. Elle serra ses mains entre ses cuisses comme pour contenir ce qui remuait déjà en elle. Douleur. Calcul. Douceur. Et qui, si elle s'était écoutée, l'aurait emportée à nouveau au marché de Ti Pistache. Elle entendit le bois gémir sous l'effet du vent et des gouttelettes de pluie. À croire que la case se décomposait à mesure sous les effets cumulés de l'eau, du sel et du vent. La fatigue finit par l'emporter dans un sommeil léger, très léger. Un sommeil sans rêve. Du moins traversé d'images fugaces. Des images de l'aïeul *franginen*, de la cascade, des rois magiciens, de l'oranger bravant les nuages pour monter au ciel, et celles de l'homme mûr les surmontant toutes. Des images dont elle ne se souviendrait pas au réveil.

Pour la troisième fois en quinze jours, Agwé apparut à Orvil dans son sommeil.

Le lendemain, l'ouragan ne nous laissa aucun répit. Il plut trois jours d'affilée, comme si une muraille d'eau poussée par la montagne nous emprisonnait. Pour une réclusion dans un grand pays liquide. Les copeaux de *bois-pin*[*] pour cuire la nourriture furent mouillés et nous avons dû rester à dormir tard dans nos cases, ne nous réveillant que pour partager quelques morceaux de *kasav*, parler à voix basse, regarder par les interstices dans le bois le craquement des arbres sous le rugissement du vent et de la pluie ou prêter l'oreille au bruit des bêtes dans l'enclos. Puis, le dernier jour, la pluie fine et la terre pleine d'ornières et de flaques. Ce furent trois longues journées ennuyeuses d'attente, à gronder les enfants qui se chamaillaient et ne tenaient plus en place, à faire des nattes aux filles, aux femmes, à les défaire et à les refaire à nouveau. À raconter les rêves, à leur trouver un sens. À ressasser le temps d'avant, le *temps-longtemps*, et à raviver les commérages. Trois longues journées de palabres traversées de silences pour parler aux dieux. De rires à nous faire plier en deux pour tromper le grondement de la faim dans nos flancs. Trois longues journées où Léosthène rêva de départ, Orvil d'un service à Agwé, Fénelon et Ermancia à la monotonie des jours. Trois longues journées où Olmène pensa à Tertulien, qui pensa à elle.

11

Les occasions de rencontre n'arrivaient pas très vite au goût de Tertulien Mésidor et d'Olmène. Mais assez pour qu'ils se revoient trois fois de suite au marché de Ti Pistache, une fois sur le chemin vers Baudelet, et qu'elle en fasse une ritournelle qui l'obsédait. Et, à chaque fois, des pensées insidieuses comme autant de grains de sable s'incrustaient en Olmène. Tertulien se mit à désirer Olmène non point comme un fruit défendu – il régnait en maître et seigneur des vies et des biens à des kilomètres à la ronde –, mais comme un voyou désire l'innocence d'une pucelle. Elle n'avait pas d'avis, si ce n'est qu'il était venu le temps pour elle d'être une femme. Et que cet événement et ce savoir lui viendraient de Tertulien Mésidor, un homme puissant.

Alors, la quatrième fois qu'ils se rencontrèrent, contrairement à ses habitudes, Tertulien se montra plus volubile et raconta des histoires en faisant de grands gestes arrondis de ses mains. Il était surpris par ces mots sortant d'une bouche comme la sienne, lui qui avait mordu, craché des jurons et prononcé des sentences de mort. Olmène vit en Tertulien un magicien. Elle se dit que la maîtresse, la reine Erzuli Fréda[*], avait mis sur son chemin un homme qui lui construirait une case solide et lui donnerait de quoi nourrir ses enfants.

Elle n'avait que sa jeunesse à offrir à un homme qui vivait sous le même toit que son épouse et qui avait déjà essaimé sa giclée dans tant de fleurs de femmes. Olmène n'était pas dupe. Mais Tertulien n'en était à ses yeux que plus puissant.

Malgré son impatience, Tertulien attendit le jour où Olmène fut envoyée seule au marché. Ermancia était clouée au lit par une forte fièvre. Il la suivit dans les chemins de halliers et de *bayahondes* qui menaient vers les collines. Il laissa loin son cheval et lui prit la main. Elle le suivit et, au mitan de la clairière, Tertulien mentionna des chaussures, trois robes, une case, un lit à baldaquin, un lopin de terre et une vache. Elle ne dit rien, mais l'un et l'autre savaient qu'un marché venait d'être conclu. Elle s'arrêta brusquement. Sur son visage on ne pouvait lire ni désir ni haine. Rien. Même ses yeux, qu'elle tint un moment baissés, n'exprimaient ni soumission ni crainte. Elle fit craquer sous ses dents la gingembrette que jusque-là elle avait tournée et retournée sur sa langue. Avançant légèrement la jambe droite, elle traça sur l'herbe un demi-cercle de son pied nu. Le désir faisait briller les yeux de Tertulien. Il s'était déjà mis en tête de la posséder. « Si elle résiste, je la prends de force. Je la viole. » Mais Olmène avait aussi compris qu'elle pouvait gagner à ce change-là et joua un jeu convenu.

Alors, quand il feignit d'insister, elle feignit l'innocence et releva les yeux pour dire à Tertulien : « Tu peux avoir ce que tu veux. » Le feuillage d'un vieil acajou leur fit de l'ombre et, malgré la forte chaleur, Tertulien ressentit comme la caresse d'une brise.

Olmène garda un moment les yeux posés sur lui, comme pour mesurer ce qui allait advenir qu'elle ne connaissait pas. Qu'elle n'avait fait que deviner au chuchotement des femmes ou à leurs rires quand elles se retrouvaient seules au marché. Tertulien voulut sentir – caprice ultime d'homme – une opposition, fût-elle légère, pour avoir la sensation de la prendre de force. À deviner le corps sous la robe grossière, retenue à la taille par un grand mouchoir torsadé, il la mangeait déjà des yeux. En elle il n'y avait ni crainte ni désir ni haine, mais l'attente d'une jeune paysanne de seize ans à qui un homme allait offrir un toit qui ne laisserait pas passer l'eau, des enfants dont il s'occuperait, et qui la ferait manger tous les jours.

Malgré son désir violent, Tertulien prit soin de ne pas déchirer la robe d'Olmène. Il en ouvrit le haut et posa une bouche éperdue de sa chance sur deux tétons dressés dur. Olmène fut couverte par cet homme essoufflé qui la pénétra sans même ôter son pantalon, dont il avait juste défait la braguette. Il la pénétra avec la force gourmande et vorace, inévitable, d'une première fois, et l'appétit d'un homme mûr à qui une toute jeune fille donnait l'illusion que la mort n'existait pas. « Que tu es douce Olmène ! Avec ta peau de mangue mûre, ta *chafoune* de canne à sucre », murmura-t-il, ivre d'un corps qui vira en ces parfums forts qu'il aimait tant. Oui, qu'il aimait les paysannes ! Qu'il les aimait !

Plusieurs fois de suite, Olmène retint un cri dans sa poitrine, jusqu'à ce que le plaisir engloutisse la douleur dans un vaste soupir. Tertulien avait le geste expert du voyou, mais il fallait la prendre vite, très vite, avant qu'un œil indiscret ne vînt se poser sur cette jouissance. Celle de Tertulien fut hâtive, trop hâtive à son goût, et rattrapa celle fraîche, voluptueuse et étonnée d'Olmène. Un léger vertige lui fit croire un moment que son *bon ange* l'avait menée au lit d'une rivière dans les bras de Simbi, ou juste dans la bouche du vent, la bouche de

Loko. Loin, très loin. Là où l'on entrevoit la mort. La mort douce.

Tertulien garda sur la langue la saveur de la gingembrette qu'Olmène venait juste de croquer. Il en était tout étonné, retourné même, et se promit la prochaine fois de caresser ce corps offert à même l'herbe des chemins. De le caresser du talon calleux jusqu'aux cheveux de charbon et de le secouer de lames déchaînées comme la mer quand elle est en colère. Il se promit tout ce que sa vanité d'homme inventait déjà sur place. Olmène, elle aussi, savourait une douceur, juste celle de se fondre lentement dans son destin.

Elle essuya, curieuse, cette salive poisseuse qui s'écoulait d'elle, rajusta sa robe, secoua les brins de paille et la terre sèche qui s'y étaient attachés, et quitta Tertulien sans se retourner. Sur le chemin vers la case, sa peau lui sembla plus douce, comme si elle avait été enduite d'huile de palma christi. Son dos lui faisait mal d'avoir supporté le poids d'un homme si corpulent. La chose entre ses cuisses était toute meurtrie, ses seins scellés par la bouche d'un homme. Elle toucha ses poignets, que Tertulien avait maintenus au sol. Et c'est à travers toutes ces parties de son corps qui lui faisaient mal qu'elle connut les premières douleurs du plaisir.

Lorsque Tertulien croisa Dorcélien, le chef de section, un peu plus tard, il se rebraguetta ostensiblement par vantardise de mâle. Tant et si bien que, quand Olmène le croisa à son tour, il lui sembla que Dorcélien lui souriait d'un air satisfait. Son sourire avait quelque chose de grivois et de *chanson-pointe**. Pour sûr qu'elle, Olmène, ne regarderait plus les hommes se baignant nus à la rivière Mayonne de la même façon. Pour sûr qu'elle penserait autrement aux chuchotements et aux sourires entendus des femmes, aux

déhanchements de Gédé*. Pour sûr qu'elle était deve-
nue une femme elle aussi.

Une lignée naîtra de cet après-midi brûlant. D'un
seigneur que le désir obligeait à plier les genoux et
d'une paysanne qui s'ouvrait à un homme pour la
première fois.

12.

12

L'inconnu a mis les mains en visière comme pour se protéger d'un soleil aveuglant et tenté, en fouillant dans la brume, de scruter l'horizon. Après avoir trébuché à reculons, il est parti dans une sorte d'épouvante, courant difficilement à cause du sable mouillé où s'enfonçaient ses chaussures. Il s'est retourné plusieurs fois dans ma direction, comme s'il voulait se persuader de ce qu'il voyait.

Il est maintenant à hauteur des premières cases du hameau, hurlant toujours les mêmes prénoms : Estinvil, Istania, Ménélas. Hurlant à s'en déchirer les poumons.

Mère, invoque Dieu, la Vierge et tous les saints. Et tous les Invisibles. Tous. Invoque-les fort ! Demande à Ogou* de poser sa machette sacrée sur moi. Fais-le, je t'en prie, tanpri.

Il ne me reste plus qu'à ne pas trop en faire et garder toutes mes forces pour ce qui va venir... Ce qui va venir que je ne connais pas. Faire la morte. Pour qu'ils me laissent tranquille. Pour qu'ils ne viennent pas me retourner dans tous les sens et m'abîmer encore davantage.

Jimmy est arrivé de loin. De très loin. De la grande ville. Dans ses vêtements de magazine, avec ses deux *bagues dont une à tête de lion, et son parfum comme nous n'en avions jamais senti... Et puis de vraies bottes de cinéma.*

Du coup, je me souviens : j'ai versé en acompte à une commerçante, au marché de Baudelet, quelques gourdes* pour des sandales à lanières. Rouges. Hauts talons. Pour des pieds de reine. Et je me suis offert une pédicure à même le trottoir. Parce que, rien à faire, un paysan, une paysanne, tu les reconnais à leurs pieds. Même pas la peine de regarder avec insistance. Ceux de mon père sont plats, pleins, les orteils contractés, tordus, déformés. Pas d'ongle du tout sur les deux petits doigts.

La première fois, je ne voulais pas que ce soit avec oncle Yvnel. Je déteste oncle Yvnel. À cause de ce qu'il a tenté de faire. Sous prétexte de poser sur nous des yeux d'adulte avisé, oncle Yvnel avait pris l'habitude de nous suivre dans les champs, sur la route menant à l'école. Et puis, un jour que je m'en allais avec Cocotte et Yveline sur le chemin de Roseaux, nous avons entendu des pas dans les halliers. Des pas lourds et précautionneux. Des pas comme ceux d'une bête à l'affût dans les fourrés. Mais, à cause de la respiration de plus en plus oppressée, j'ai fini par me dire qu'il s'agissait bien d'un homme.

Le temps pour moi de le penser que deux mains écartent les branches. Les filles prennent leurs jambes à leur cou. Et soudain une voix autoritaire et chevrotante à la fois murmure mon prénom. Je me plante devant lui. Il s'avance, m'attrape par les bras, je résiste. Il me frappe. Je hurle si fort que les filles reviennent sur leurs pas, et oncle Yvnel me traite de tous les noms :

« Jeunesse[*], Ti bouzin ». *Et je ris, gorge ouverte, et je me moque de lui ! Je le défie !*

La première fois, je ne voulais pas que ce soit avec oncle Yvnel, mais avec un homme qui arriverait en voiture pour m'enlever de ce village de paysans et m'emmener loin. Très loin. Un homme comme Jimmy… Avec son corps entier, beau comme une contrée lointaine, étiré comme une flamme haute !

Mais revenons à ces hommes et à ces femmes qui ne manqueront pas de m'encercler. À cet ouragan dans la nuit. À ma curiosité aiguë pour cet homme comme jamais auparavant.

La brume tarde à se dissiper. Je suis encore dans ce brouillard de fable. Les cris de l'inconnu se sont éloignés mais me troublent encore.

Quelque chose a dû tout de même se passer dans le crépuscule du premier jour de l'ouragan et expliquer ma présence ici, un rictus figé sur ce sable froid. Attendant l'arrivée de tout un village qui se posera bientôt les mêmes questions que moi.

J'ai mal, et je suis épuisée.

L'aube dissout lentement les lourds nuages, sombres comme un deuil, qui noyaient le ciel depuis bientôt trois jours. Une très douce lumière voile enfin le monde. Reflets de nacre rosée, presqu'orange par endroits, qui effleurent ma peau lacérée, mes plaies ouvertes, et m'atteignent jusqu'aux os.

13

Orvil n'aurait pas supporté un nouveau signe de Bonal, ni une des visites si particulières de l'aïeul *franginen*, encore moins un quatrième avertissement d'Agwé. Et puis il lui fallait chasser toutes les visions qui l'assaillaient, ces noires messagères. Plus question de remettre à plus tard sous prétexte que la terre ne donnait plus. Que la mer hésitait à les nourrir, ou même que les percepteurs au marché de Baudelet ou le *choukèt larouzé** les harcelaient. La décision du service s'imposa d'elle-même à Orvil. D'autant plus qu'il fallait profiter de ce moment entre deux ouragans. Il se mit au travail des jours durant. Nous aussi.

Ermancia eut vite défait le pincement qu'elle ressentit dans la poitrine quand Orvil choisit de vendre le plus gros des deux porcs. Une semaine avant le jour fixé, Orvil laissa Léosthène et Fénelon se rendre seuls en mer et, précédant Olmène, Ermancia et Cilianise sa nièce, la fille d'Ilménèse, il prit le chemin du marché de Baudelet où il vendit le porc et se procura du tissu blanc pour refaire à neuf les robes des *hounsis**. Orvil misait gros, très gros. Presque tout. Comme nous. Et, comme nous, il le fit sans remords. Sans qu'aucune pensée le retînt. Sans souci de garder par-devers lui quelque chose qui revenait de droit aux Invisibles, aux

Esprits de la famille. Malgré l'image du cavalier qui ne la lâchait pas, Olmène aida Orvil, Ermancia et Cilianise à acheter de quoi nourrir les divinités et les honorer toutes. Celles qui réclament des condiments humides – sirop d'orgeat, rhum, bouillon –, comme celles qui ont une prédilection pour les denrées sèches – maïs, farine de manioc, *griot** de porc et bananes. Et, bien sûr, les mets préférés d'Agwé, l'invité d'honneur.

Nous avons enlevé les mauvaises herbes tout autour du *démembré**, balayé et nettoyé le *badji**. Et Nélius, avec sa scie, son marteau et ses clous, construisit l'embarcation d'Agwé. Orvil parla à peine cette semaine durant, dormit à même le sol, l'oreille contre la poitrine de la terre battue comme pour écouter le chuchotement de son cœur. Se garda de toucher Ermancia et, trois jours avant la date, jeûna. Comme si cette abstinence et ce retrait du monde devaient frayer un passage plus sûr aux dieux, aux Ancêtres et aux divinités. Avant tous les grands services aux Ancêtres, il repensait à Ilménèse, pendant la période des persécutions, l'aidant à enfouir sous terre tous les objets de culte, l'*asson*, la machette sacrée d'Ogou, les *paquets wanga**, le mouchoir bleu d'Agwé et les tambours. La nuit, ils honoraient les *lwas*, les Invisibles et les Mystères dans des rituels discrets, secrets. Danseurs hallucinés bravant tous ensemble les édits du diocèse pour passer de l'autre côté du monde. Il pensait au crucifix qu'il avait planté au-dessus de l'unique porte de sa case. Les prêtres bretons, aidés du commandant de la place et du juge, les distribuaient en veux-tu en voilà dans tous les *lakous*. Orvil s'était construit son aura de grand *danti* pour avoir traversé ces épreuves sans broncher. Sans faillir. Sans renoncer…

Au soir du service, ceux des descendants des Lafleur qui n'habitaient pas le village arrivèrent à la tombée de la nuit par le sentier cahoteux qui serpente du haut des collines jusqu'à Anse Bleue, portant chacun une offrande. Érilien les précédait. Le chapeau sombre du sacristain contrastait avec la robe blanche des femmes qui l'entouraient. Un chapeau de feutre noir que la poussière et le temps avaient décoloré et qui lui mangeait la moitié du visage. Les tambours n'avaient pas encore commencé à résonner, mais soudain ils accélérèrent le pas, impatients de nous retrouver dans le *démembré* des Lafleur. Ils allaient nous porter main-forte, alléger le poids de nos dettes envers les dieux, et conjurer leurs propres malheurs. Dieu étant trop loin et trop occupé, c'était une affaire entre les Invisibles et nous.

À leur arrivée, Orvil interrompit le récit d'un extraordinaire combat de coqs à la *gaguère** de Roseaux pour les saluer. Cilianise se déchaussa et tapa sur les jambes et les fesses de son petit garçon, qui venait de renverser un seau d'eau à force de nous courir entre les jambes. Son nouveau-né avait fini de lui téter le sein et roulait sa tête endormie sur son épaule. Une mangue entre les dents, elle referma rapidement son corsage et dévora goulûment le fruit. Olmène en profita pour demander à Léosthène s'il avait vraiment eu maille à partir avec Dorcélien, le chef de section, qui avait triché à la *gaguère*. Quelqu'un le lui avait rapporté. Depuis quelques mois, nous observions tous Léosthène piaffer comme un jeune poulain. Il regarda son père. Celui-ci lui fit signe de se taire et lui tendit la bouteille de *trempé*. Olmène se pencha vers Yvnel, qu'Orvil avait soigné quelques jours auparavant, et lui caressa les cheveux. Un nourrisson braillait dans ses langes et les femmes se le passaient de mains en

81

mains. Les conversations naissaient et mouraient au milieu des claquements des tambourineurs qui frappaient sur les peaux tendues et tiraient sur les cordes pour les ajuster à la tonalité voulue. Nous étions tous là. Toutes les branches du grand arbre des Lafleur. Et nous étions heureux. Heureux de nous soustraire à la dureté des jours pour danser avec les dieux dans la poussière et la nuit.

Le blanc des robes faisait ressortir l'ébène des peaux, la joie savante, antique, de ces visages, comme leur profondeur de nuit. Et puis nous étions déjà dans l'attente de cette obscurité du dehors, cette masse sombre des arbres appuyés contre les ténèbres qui bientôt s'accorderaient avec les silences dormant au fond de nous. Et tout se réveillerait, nos peines, nos joies, nos faims, nos colères.

Au cœur d'Anse Bleue, dans la nudité d'un hameau, un autel était dressé. Par-dessus, une nappe blanche. Des lampes tremblaient aux quatre coins du péristyle, jetant des ombres sur la petite foule assemblée là et venue demander aux dieux de laisser loin le malheur, de le pétrifier, et de les approcher, eux, de les habiter. Les *hounsis* ne cessaient d'aller et de venir, chargées de paniers et de jattes de fleurs, de gâteaux, de pigeons, de bananes, de patates douces, d'oranges et de riz, de toutes sortes de nourritures et de bouteilles d'alcool, anis, *trempé*, de sirop d'orgeat, qu'elles plaçaient devant l'autel central tout près du caisson en bois – la barque d'Agwé – fabriqué par Nélius.

Orvil acheva de tracer un *vèvè**** au pied du *poto-mitan**** et, sans nous faire signe, s'assit sur la chaise au pied de l'autel d'Agwé. Érilien commença les prières catholiques en versant aux dieux, dans la poussière, de l'eau bénite subtilisée à la barbe du père Bonin. Il sonna la cloche tout au long de la *priyé deyò**.

> *L'ange du Seigneur dit à Marie*
> *Qu'elle concevra un Jésus-Christ*

Après Érilien, nous avons tour à tour scandé les mots Seigneur, Marie, Saint-Esprit, dans les aigus et les graves du français, dans les sonorités sacrées d'une litanie chrétienne. Orvil ne comprenait pas tous les mots, nous non plus. Mais cela importait peu pour un Dieu aussi lointain et aussi inaccessible aux *chrétiens-vivants*. Après tout, Lui et ses saints nous avaient fait échouer sur cette terre, et nous voulions juste qu'Ils nous ouvrent le chemin vers la Guinée.

Olmène ne lâchait pas son père du regard, sentant chez lui la volonté, cette nuit-là, de braver le monde et, avec l'aide des dieux, de tenir son destin au bout de ses doigts. Orvil se retourna et croisa les yeux de sa fille posés sur lui. Il l'interpella exprès. Question d'exiger obéissance. D'asseoir son autorité : « Chante mieux les couplets. Tu devrais les connaître depuis tout ce temps. » Olmène tourna son regard de l'autre côté de la salle et poursuivit de toute la force de ses poumons.

> *Sainte Philomène, vierge martyre*
> *Accordez-nous miséricorde*

Érilien sonna la cloche de plus belle comme pour appeler les aigus et les graves plus nasillards de la langue créole. À mesure que d'autres hommes et femmes se joignaient à la mélopée, la voix d'Orvil se métamorphosait lentement. Elle se faisait sourde par moments, comme tirée de l'arrière-gorge par d'autres.

Trois Pater, trois Ave Maria
Je crois en Dieu
Napé lapriyè pou Sin yo
Napé lapriyè pou lwa yo
Nous prions pour les saints
Nous prions pour les *lwas*

Orvil avait saisi l'*asson* et l'agitait, faisant taire la cloche du sacristain et entamant les sonorités gutturales, nasales du créole. Il chanta, et nous aussi, jusqu'à ce que les voix passent de l'ombre à la lumière, de la chair à l'esprit. Jusqu'à ce que la nuit elle-même se penche pour livrer passage aux dieux africains, qui ne tardèrent pas à faire leur apparition.

Anonsé zanj nan dlo
La dosou miwa, law'é, law'é
Annoncez que les anges sont sous l'eau
En dessous du miroir, vous verrez, vous verrez

Orélien et Fleurinor, les fils de Philogène, se mirent à frapper sans discontinuer sur le *tambour assòtòr**. La musique nous courut bientôt sous la peau, réveillant chaque tendon, chaque muscle. Les chants, de plus en plus forts, de plus en plus profonds, suppliaient les dieux. De nous pardonner. De nous comprendre. De nous aimer. De nous châtier même. Mais d'être là. De la bouteille, que nous nous passions de bouche en bouche, coulait un liquide brunâtre aux effluves salins d'algues, à la saveur âcre de la terre, au goût de l'endurance des femmes et de la sueur des hommes. Il coulait dans nos veines en tressaillements, en souffles, en éclats, en mille feux. Une force s'éveilla au creux de nos corps pour nous faire traverser, âme et pieds nus, la cloison des Mystères.

Quand il nous sentit mûrs à point pour le voyage, Orvil saisit un gobelet en émail et salua les quatre points qui ordonnent le monde. À l'Est, *À Table*; à l'Ouest, *D'abord*; au Nord, *Olande*; et au Sud, *Adonai*. Ermancia, une bougie à la main droite et une bouteille à la main gauche, salua elle aussi quatre fois en faisant des génuflexions. Puis Orvil demanda à Legba d'ouvrir tous les chemins aux Invisibles.

> *Onè la mézon é*
> *Onè la mézon é*
> *Papa Legba louvri baryè a antré*
> Honneur la maison
> Honneur la maison
> Papa Legba ouvre la barrière et entre

Avec l'arrivée de Legba, qui chevaucha Ilménèse, nous savions que les ombres avaient été apprivoisées, et que la nuit s'était mise à genoux pour nous accueillir. Il nous sembla que, tout autour dans la clairière, des centaines de tambours résonnaient. Fendaient l'air pour ouvrir le passage à nos *lwas*, à nos Mystères, à nos anges, à nos saints. Nos Invisibles allaient brûler les portes, abattre les murs, ouvrir les fenêtres et tout faire entrer avec eux, le jour, la nuit, toutes les couleurs de l'arc-en-ciel, la lune et le soleil, les châtiments et le pardon, la raison et la folie.

Tous, l'un après l'autre, répondirent à notre appel. Loko monta Léosthène par surprise et souffla par sa bouche. Fort. De plus en plus fort. Les yeux exorbités roulant de droite à gauche, Léosthène vit son départ sur un voilier porté par Loko Dewazé, Agazon Loko et

Boloko. Tous les Loko *nègres-vents* le chevauchèrent avec brutalité pour s'accorder à l'éclat des rages qui l'habitaient. Pour arroser l'impatience qui se lovait en ses yeux. Tandis que Loko l'emportait sur les eaux, Léosthène voulut boire la nuit et s'abreuver d'étoiles. Il aperçut au loin le sourire d'une femme et avança, aimanté par le firmament, poussé par un souffle puissant. Loko le possédait comme on possède une âme perdue et le sella solidement pour cette chevauchée dans les grandes plaines du ciel. Les tambours et les chants entêtants le poussaient chaque fois plus fort, plus loin. Il vit des images folles de pays inconnus. Là où le soleil giclait et le choisissait lui, Léosthène. Là où il pourrait dire à la vie qu'il l'aimait.

Orvil tituba en voulant entourer Léosthène de ses bras pour calmer la tempête. Ermancia avait envie de confier son fils taciturne et grave au ciel. Mais, ce soir-là, Léosthène avait la force d'un géant. Il semblait tenir le monde au bout de ses doigts. Encore chevauché par les *nègres-vents*, il s'assit sur une chaise paillée au milieu du péristyle et demanda à être nourri. Bien nourri. Il mangea à en être repu. Nous aussi. Alors, lentement, Loko allégea le regard de Léosthène et délia son sang du feu qui le brûlait.

Olmène, somnolant non loin, ne pouvait s'empêcher de penser que, dans une maison posée au centre d'une vaste *habitation* derrière le morne Lavandou, un homme avait faim d'elle. Un homme pour lequel elle était rongée de curiosité. Rongée d'un désir qui par moments fendait la terre et en faisait sortir des tourbillons de flammes.

Alors, après que Zaka et Erzuli Dantò[*] eurent chevauché Érilien et Ermancia, c'est toute la personne d'Olmène qui fut happée par la grande houle des

86

Esprits qui disent depuis toujours la folie des hommes et la morsure des femmes. Avec les yeux mi-clos d'une courtisane, Erzuli Fréda Dahomey murmura par la bouche d'Olmène des mots-basilic, des syllabes *ralé min nin vini**, des voyelles parfumées d'eau Florida. Fréda poussa de petits cris à moitié étouffés, fit la belle, et surtout se mit à geindre comme une femme en amour. Si fort qu'en avançant avec sa démarche chaloupée, ses hanches aux rondeurs orgueilleuses, Olmène trébucha sur une grande bassine d'eau à l'entrée du péristyle. Erzuli Fréda la reine se releva sans s'émouvoir, sa robe lui collant à la peau comme une algue. Orvil s'approcha d'elle, agitant l'*asson* tout près de son visage. Olmène vit alors des cercles aux couleurs étincelantes sortir un à un de la bouche, des yeux, des oreilles de son père. Et, derrière Orvil arc-en-ciel, se tenait debout l'homme de la grande *habitation*, l'homme que seule Olmène voyait… L'homme-chance, l'homme-plaisir, l'homme-pouvoir.

Les tambours résonnèrent plus fort encore. Les minutes s'étiraient, infinies, mais cela importait peu car les rêves que nous faisions avaient besoin de longues et patientes enjambées pour nous traverser et nous habiter. Les bougies et les lampes à pétrole jetaient des ombres irréelles, bibliques. Des ombres de fables de forêts profondes. Des ombres de fables de grandes savanes.

Quand Gédé monta Nélius, nous n'avons été qu'à moitié surpris. Parce que c'est dans les habitudes de Gédé de surgir de nulle part. Sans même être invité. Et, lubrique, extravagant, dévergondé, de rire de nos malheurs. Comme pour nous rappeler qu'entre la naissance et la mort tout passe vite. Très vite. Les plaisirs plus vite que les malheurs, mais que tout passe. Et qu'il nous faut tout prendre, la jouissance et l'effroi, la souffrance et le plaisir. Les joies et les peines. Tout. Parce que la vie et la mort se donnent la main. Parce que la mort et la jouissance sont sœurs. Gédé, c'est sa façon, à Dieu, au Grand Maître, de rire. Et à nous, de rire avec lui.

On tendit un bâton à Nélius qui, transfiguré par Gédé, devint aussi vieux que la mort, marchant avec difficulté et faisant saillir des genoux pointus de vieillard, mais se déhanchant avec des *grouillades** en veux-tu en voilà. Mouvements secs, espiègles, lascifs, sexuels, et qui disaient que Gédé était aussi dans le vert de la vie. *É yan é yan* scandait, à chaque coup de reins, la petite foule réunie là. Gédé accorda ses mouvements aux tambours qui cassaient, et cassaient encore, abruptement, le rythme. Gédé réclama du *clairin*, sept piments-bouc, trois piments-oiseau trempés dans du jus d'orange amère et égrena grivoiseries après grivoiseries, évoquant des verges dures comme du bois d'orme et des *foufounes* en feu. Enhardi par nos rires, Gédé se déchaîna et en remit. Encore et encore. Olmène posa sur lui un regard comme jamais auparavant. Sa curiosité pour l'homme de l'*habitation* n'arrêtait pas d'enfler. Et puis, tous, nous avons chassé Gédé avec de grands gestes de la main. Alors l'intrus est parti comme il était venu, laissant Nélius à bout de souffle.

Orvil et les *hounsis* fendirent la foule, donnant des ordres, faisant résonner l'*asson* près de nos visages. Nous n'étions plus des hommes et des femmes séparés, dispersés, mais un unique corps qui tournait, tournait et tournait encore. Comme si la scansion régulière et inaltérée du *tambour assòtòr* nous avait fait un même cœur et que les autres tambours nous avaient confondus dans un même corps. L'émotion était à son paroxysme. Orvil décrivait des cercles de plus en plus rapides et nous le suivions, et nous enveloppions le monde avec lui. Nous enveloppions le monde de toutes nos interrogations, de toutes nos souffrances, de toutes nos attentes. Et puis, à force de tourner, il nous sembla que nos pieds ne touchaient plus terre. Que la poussière qu'ils soulevaient était un duvet de lumière. Que les dieux s'étaient réveillés dans cette lumière et que nous nous y baignions avec eux.

> *Agwè e ou siyin lòd*
> *Jou m angajé*
> *Ma rélé Agwé o*
> Agwé tu as signé un engagement
> Quand je serai coincé
> Je t'appellerai

C'était la voix d'Orvil qui entonnait un chant. Et Agwé, l'invité d'honneur que nous attendions tous, ne tarda pas à le chevaucher. On le revêtit d'une chemise blanche et on lui ceignit la tête du mouchoir bleu d'Agwé. Par la bouche d'Orvil, Agwé nous parla à tous. Par la bouche d'Orvil, Agwé envoya des messages, en consola certains, en réprimanda d'autres à cause de leur négligence. Marchanda avec quelques-uns qui n'avaient point senti sa bienfaisance espérée. Et, contre toute attente, Orvil, notre capitaine Agwé, pleura longuement. Et nous l'avons laissé faire.

À la fin de la nuit, on mit la dernière main au caisson de bois derrière le péristyle. Nous l'avions chargé jusqu'au bord de toutes les victuailles pour le voyage d'Agwé. Dix hommes hissèrent comme un seul cette barque sur leurs épaules, tandis que quatre autres portaient un bouc par les pattes. Un étrange cortège se forma, semblable à ceux des routes mystérieuses de Guinée, à ceux des rives ensablées de l'Ancien

Testament. La frêle embarcation s'éloigna en silence au fil de l'eau, dansant sur des paillettes étincelantes sous la lune. Et puis là, sous nos yeux, sombra brusquement comme si Agwé, nous prenant de court, l'avait happée d'une main forte *nan zilé anba dlo*, dans son île sous les eaux. Orvil s'attarda un moment à regarder l'horizon. Sur son visage, nous avons tous vu le masque d'Agwé. Puissant. Austère. Le masque de celui qui en sait long, si long sur les départs… Et puis le masque se défit lentement au lever du jour. Très lentement.

La vie nous prive de ce que nous rendons au centuple aux dieux. La vie te prend et tient ses mains serrées dur autour de ton cou et, quand elle pense t'asphyxier, voilà que tu respires plus fort, encore plus fort. Que tu te dégages de son étreinte sans même qu'elle s'en aperçoive et que tu lui fais un pied de nez, à la vie. Un pied de nez magnifique. Dans une joie-délivrance. Une joie d'enfant sauvage.

Nous étions plus que jamais tenus ensemble les uns avec les autres. Contre les dangers venant des plus forts que nous. Contre les menaces de tous ceux qui sont comme nous des vaincus, qui nous ressemblent comme deux gouttes d'eau, mais ne sont pas les enfants du *démembré*.

Sur les sentiers nous glissions, silencieux comme des pèlerins encore habités par le mystère d'un voyage savant, joyeux et lointain. Nos rêves nous avaient portés si loin, dans une lumière si ancienne, que nous titubions un peu dans les ombres roses et bleutées de cette aube.

Nous avons rencontré le père Bonin qui faisait sa promenade matinale. Toute la nuit il avait prié au son de nos tambours, intercédant auprès de Dieu afin que nous renoncions à Satan, à ses pompes et à ses œuvres.

Quand il nous croisa, l'envie de nous parler d'enfer et de paradis le saisit, mais père Bonin n'osa pas. Non, il n'osa pas. Le seul lieu pour reposer nos vieux os s'appelait la Guinée et, après la dure vie que nous avions menée sur terre, aucune divinité n'aurait l'idée de nous envoyer ailleurs brûler ces os-là. Pour sûr que nos yeux disaient tout cela, et même davantage. Alors, l'espace de quelques secondes, père Bonin eut du mal à nous reconnaître, nous, les brebis de sa paroisse. À cause de toute cette cohorte de divinités lâchées dans nos veines. À cause de nos yeux de grande cavale, luisants comme des *lampes bobèches* dans le petit matin.

14

À mesure que s'épanouissait Olmène, le vent sournois et rageur de la rumeur enflait tout autour d'Anse Bleue. Il enfla tant et si bien qu'il finit par traverser en sifflant les deux fenêtres de la case d'Orvil et d'Ermancia, et par en ouvrir toute grande l'unique porte. Et, un après-midi qu'il ramenait les bêtes à l'enclos, Orvil dut se rendre à l'évidence en regardant sa fille se tenir le bas du dos, grimaçant de douleur : si rien ne venait contrarier le cours des choses, Olmène allait bientôt être mère.

Ce fut donc sans surprise aucune qu'Orvil reçut un matin la visite de Tertulien Mésidor. Un matin où Olmène et Ermancia étaient parties au marché de Baudelet. Après le salut d'usage – « Honneur » – et la réponse convenue d'Orvil – « Respect » –, Tertulien ôta son chapeau et le posa sur sa poitrine en se penchant en avant. Orvil se leva dans l'impassibilité toute feinte d'un traqueur à l'affût et lui indiqua la chaise à côté de lui, celle sur laquelle s'asseyaient Ermancia ou Olmène pour écosser les *pois France*, enlever la paille du riz ou empiler les *kasavs* une fois cuites à point. Puis Orvil se dirigea vers le calebassier tout au fond du *lakou*.

Tertulien Mésidor chercha longtemps ses mots, guettant le meilleur moment pour les sortir sans qu'ils ne le livrent pieds et mains liés à Orvil. Celui-ci restait muré dans son silence, avec la certitude que le premier qui parlerait trahirait sa faiblesse. Il n'entendait pas être celui-là. Surtout pas. Les secondes s'écoulèrent, lentes, lourdes, se traînant avec prudence, jusqu'à ce qu'un Tertulien crispé lâchât, d'une voix qui simulait sans conviction l'assurance du conquérant : « Orvil, nous devons nous parler. » Tertulien ne s'est jamais souvenu quand et comment ces mots avaient franchi ses lèvres. Se frayant de force un passage.

Savourant sa première victoire sans qu'aucune expression du visage ne vînt le trahir, Orvil, pour toute réponse, lui offrit du café, attrapa la bouteille de *trempé* qu'il porta à ses lèvres, et proposa à Tertulien de l'accompagner sous le vieux *mapou** en pointant l'index en direction du ciel. Le soleil était raide comme la mort et allait bientôt rendre toute conversation impossible. « Allons à l'ombre », ajouta Orvil. Une manière pour lui de faire monter les enchères. De glisser tranquille et serein au fil des secondes comme sur une mer étale. Il en avait vu, des choses, dans sa vie d'homme. Ce qu'il en avait vu ! Le vent sec du malheur, la mort des naufragés, une inoubliable récolte de haricots rouges l'année de ses vingt ans, la main forte des dieux, l'usure des jardins, les hanches douces si douces des femmes. Et tant, tant d'autres choses !

Vers midi, nous, sur l'*habitation*, observions déjà du coin de l'œil Orvil et Tertulien assis sous le *mapou*, l'un une bouteille de *trempé* à la main, l'autre une tasse de café. Deux hommes adossés à un arbre vénérable, qui s'abritaient du soleil et apprivoisaient le temps. Les vrais mots ne furent pas échangés. Ceux de la conversation secrète dont ils avaient les clés et le sens. Une autre s'était superposée à elle. Alors, comme pour l'enfouir plus loin encore et faire de grands trous dans le silence qui les enveloppait à l'ombre de cet arbre, Orvil et Tertulien évoquèrent les difficultés avec le bétail, le café qui jamais ne s'était remis des derniers ouragans dévastateurs, la maladie de la volaille, et la terre si amaigrie qu'elle commençait à montrer ses *zo genoux*. À croire que leurs problèmes étaient du même ordre et qu'ils étaient du même monde.

Pourtant l'un, Tertulien, croyait qu'à court terme tout avait de l'importance et qu'à long terme rien n'en avait, et accumulait des biens, des biens, encore des biens, par des moyens – vols, meurtres et mensonges – qui, très vite, allaient être relégués dans l'oubli. L'autre, Orvil, était convaincu que, malgré la puissance et l'argent des Mésidor, les Invisibles et les dieux les tenaient, lui et tous ceux qui nous ressemblent, hors de la prise de Tertulien et des siens.

Tertulien jouait avec Orvil. Il lui parlait comme à un enfant. Orvil jouait à l'enfant et affectait la soumission. L'un et l'autre en étaient conscients. Parce que, malgré son rire jovial ce matin-là, Tertulien n'était pas bon. Comme nous, Orvil savait que, derrière ce rire, se dissimulait un homme qui savait acheter à bas prix et revendre cher et qui, pour une fois, était contraint de lui parler comme à un homme à qui il n'avait rien à offrir en échange. Du moins, pas tout de suite. Ce n'était pas qu'Orvil fût bon pour autant. Orvil était seulement l'un des nôtres, un *chrétien-vivant* d'Anse Bleue, un village perdu entre tuf, soleil, mer et pluie, et il tenait Tertulien, un seigneur des lieux, par quelque chose qui valait son pesant d'or, sa fille de seize ans.

Alors, malgré les mondes qui les séparaient, malgré les souvenirs qui avaient plombé les premières minutes de leur rencontre, un étrange marché fut conclu.

Olmène, maîtresse des sources et des lunes, et dont le sourire fendait le jour en deux comme un soleil, venait de retourner l'ordre de l'univers.

Au début de l'après-midi, Orvil et Tertulien burent au goulot de la même bouteille de *trempé*. À petites gorgées. Claquant la langue, les yeux mi-clos. Posant chacun son tour la bouteille au sol. Se la passant par moments.

Nous étions en septembre. Ensemble ils regardèrent le jour se défaire. Plus court que la veille en cette saison. Plus long que ceux à venir.

15

Aucune *coumbite*[*] ne fut organisée pour sarcler ce lopin de terre sur le flanc du morne Lavandou et y poser les pieux d'une maison en dur. La première d'un descendant des Lafleur. Tertulien convoqua plutôt des manœuvres qui arrivèrent de Baudelet, et à qui Léosthène, Fénelon et même Nélius prêtèrent main-forte pour construire deux pièces agrémentées d'une galerie à l'avant. Manœuvres, frères, mère, père, tous, nous étions subjugués par la métamorphose d'Olmène en quelque chose qui était encore nous et qui ne l'était déjà plus tout à fait. Olmène nous subjuguait et nous en étions fiers, certains qu'elle n'oublierait aucun d'entre-nous. Aucun.

Mais, mieux que la case, la qualité de la terre argileuse tout autour, les trois robes, la vache, et les meubles, c'étaient les chaussures achetées à Port-au-Prince qui achevèrent de combler Olmène. Elle en avait parlé plusieurs fois à Ermancia, à Ilménèse sa tante et aux autres femmes du *lakou*. «Plus belles que celles de Mme Yvenot?» demanda une Ermancia dubitative. Les chaussures ne l'avaient jamais vraiment impressionnée. «Oui», répondit Olmène. Ermancia se contenta d'observer sa fille qui basculait dans un autre monde, en s'assurant que son regard la retenait encore auprès d'elle.

Avant de porter ses chaussures la toute première fois, Olmène se lava les pieds avec insistance. Elle avait pris soin, pour ne pas se ridiculiser, de ne pas les porter en présence de Tertulien, continuant à vaquer pieds nus à ses tâches quotidiennes. Une fois que Tertulien eut le dos tourné, Olmène se mit debout avec précaution et osa quelques pas timides qui mirent ses pieds à rude épreuve. Quand elle enleva ses chaussures, ce fut pour frotter vigoureusement ses orteils, l'un après l'autre, la plante et le cou de ses deux pieds qui jusque-là avaient poussé sans entraves et s'étaient étendus à leur aise. En toute fantaisie. Au bout du troisième jour, elle se risqua jusque sur le sentier qui descendait vers la route. Après avoir évité de justesse trois chutes, Olmène rebroussa rapidement chemin, les chaussures dans les mains, avançant comme quelqu'un qui aurait marché sur des braises. Se prépara une cuvette d'eau avec des feuilles de papayer et y trempa longuement ses pieds jusqu'à s'assoupir. Malgré ses souffrances, elle décida ce jour-là de se chausser toutes les fois qu'elle entendrait le galop du cheval gris de Tertulien en bas du sentier. Elle ne voulait plus être une femme aux pieds nus et tenait à le prouver à Tertulien, à Dorcélien avec ses airs de chef accompli, aux dames de Roseaux et de Baudelet, Mme Yvenot et Mme Frétillon. Et, à force de douleurs, d'ampoules et d'égratignures, elle finit par apprivoiser ces corps étrangers qui, en bridant une liberté de seize ans, firent d'elle une femme à chaussures.

Sur le chemin menant à Anse Bleue, elle rencontra une fois le père Bonin accompagné d'Érilien, qui souvent faisait office de traducteur. Le père Bonin regarda les pieds d'Olmène avant de lui rappeler que Dieu ne voulait pas du péché.

« Tu es bien Olmène, la fille d'Ermancia et d'Orvil ? »

Olmène fit oui de la tête.

« Je te rappelle que la femme ne doit pas séparer ce que Dieu a uni. Et que les fidèles doivent baptiser leurs enfants dans Son église. Qu'un péché mortel est bien plus grave qu'un péché véniel. »

Érilien traduisait des mots auxquels ni lui ni Olmène ne croyaient. Olmène baissa les yeux et répondit de ce « oui » soumis qui nous monte si vite à la bouche quand nous voulons confondre les autres. Elle observa elle aussi ses pieds, puis son ventre, et se dit que, de toute façon, Dieu, le Grand Maître, était bien trop occupé pour s'attarder sur les pieds épais d'une paysanne perdue entre Ti Pistache, Roseaux et Baudelet, qui portait dans son sein l'enfant d'un homme qu'Erzuli Fréda Dahomey avait placé sur son chemin. Et qu'elle n'avait rien séparé du tout. Et que Dieu l'aimerait quand même. Elle s'en alla en demandant à Erzuli de ne pas l'abandonner : « Erzuli, protège-moi. Je suis ton enfant, *pitite ou*. Et tu le sais. »

Quand, quelques semaines plus tard, Olmène croisa Pamphile et Horace, deux des fils les plus âgés de Tertulien. Ils la dévisagèrent longuement. Elle marchait déjà avec plus d'aisance, chaussures aux pieds. Sa démarche n'expliquait donc pas qu'ils la dévisagent un si long moment. Elle comprit à leur regard qu'ils savaient. Comme elle, Olmène, savait que Marie-Elda, leur mère, feignait d'ignorer les fredaines et les frasques de son époux. Ils regardèrent Olmène avec insistance, et elle soutint leur regard comme elle l'avait fait face à leur père au marché de Ti Pistache. Le sentier était étroit. Ils s'arrêtèrent pour la laisser passer. Aucune parole ne fut échangée. Aucune. Mais il s'étaient tout dit.

Pour sûr qu'Olmène, aussi bien que leur mère, n'aurait pas autant tenu à Tertulien Mésidor s'il n'avait pas dompté autant d'autres femelles. Si leur nombre imposant faisait de lui un homme toujours prêt à se débraguetter, il avait aussi scellé son règne sur des kilomètres de collines, de vallons et de plaines. Olmène était une paysanne, Marie-Elda une dame respectable. Ce qui n'empêchait pas Olmène de recevoir la semence du mari fornicateur et puissant de la dame respectable. Mais à aucun moment Olmène n'avait songé à occuper la place de Marie-Elda. Un tel acte eût relevé de l'impensable, et le monde s'accommode mal de l'impensable. Chacune le savait. Les autres femmes ne l'ignoraient pas non plus. Toutes étaient en ce sens quittes dans le partage de ce même homme, sous lequel elles avaient poussé le même petit cri de plaisir qui brouillait toute frontière entre la dame respectable et les paysannes.

Olmène nous avoua qu'elle y avait pensé en regardant Pamphile et Horace. Mais elle savait qu'elle était à ce moment-là la plus forte, la plus nouvelle et la plus jeune. Et voulait tout simplement jouir de cette victoire avant qu'une autre, plus jeune et nouvelle à son tour, ne vînt inévitablement la remplacer.

Sans jamais se parler, Olmène et les fils de Tertulien s'étaient dit toutes ces choses et bien d'autres encore. Chacun regagna son monde. Olmène ne se retourna pas pour les voir disparaître au bas du sentier.

16

Les charmes d'une adolescente de seize ans avaient, dans les fourrés, halliers et hautes herbes, décuplé pendant quelques mois les ardeurs d'un homme qui voyait approcher avec frayeur ses soixante ans. Il la prenait quelquefois avec douceur et fermeté. D'autres fois avec gourmandise ou voracité. C'était selon. Quelquefois sans dire un mot. Parfois en l'insultant pour ce plaisir auquel il ne s'attendait pas. Il l'avait prise comme son père Orvil prenait Ermancia sa mère dans l'unique pièce de la case. Par surprise, au moment même où elle s'assoupissait. Mais, une fois qu'il l'eut définitivement installée dans cette maison, Tertulien prit Olmène comme un propriétaire. Tous les accouplements se déroulaient selon un ordre immuable. À vouloir garder son muscle tendu le plus longtemps possible sans vraiment se soucier d'Olmène, Tertulien finissait toujours par se fatiguer et sombrer dans le sommeil. Si un long grognement indiquait que pour lui quelque chose avait dû se passer, ce n'étaient pour Olmène que d'interminables minutes, toutes semblables et sans tension, sans début, sans milieu et sans fin. Sans plaisir à faire chavirer son *bon ange*, à lui faire éclater l'âme. Sans la lassitude d'un corps rassasié, repu. Alors, dans ces moments-là, forcément, les pensées d'Olmène flottaient vers d'autres préoccupations bien terre à terre : les légumes de soleil qu'elle ferait pousser avec l'aide de ses frères, les deux chèvres, le porc et la volaille qu'en plus de la vache elle garderait dans un bel enclos derrière la maison, le four à pain qu'elle ferait construire, et puis le commerce qu'elle développerait entre Saint-Domingue et les villages d'ici comme Mme Yvenot. Tertulien s'arrêtait par épuisement et les deux restaient là, figés, silencieux.

Très vite Olmène ne goûta plus à aucune volupté, mais se contenta d'apprendre à laisser exulter son corps à la douceur des choses et au souffle épris, quoique déjà fatigué, d'un homme mûr. Ce qui n'empêchait pas Olmène de lui préparer les mets dont il raffolait, un *tchaka**, du petit mil ou du poisson séché. De lui frotter les pieds dans la bassine d'eau quand il le réclamait et, penchée au-dessus de sa tête, de lui enlever quelques cheveux blancs tandis qu'il s'abandonnait à une douce somnolence.

Tertulien avait des bras robustes, le poitrail d'un homme qui avait toujours mangé à sa faim et au-delà, le regard et la démarche d'un homme puissant. Olmène, le port, le regard et la démarche d'une jeune femme soumise à un homme puissant. Tous ceux qui la croisaient en étaient convaincus, sans imaginer une seule fois qu'entre les quatre murs de la nouvelle maison, elle avait retourné cette certitude en un doute qui ravageait secrètement Tertulien. Lui laissant, après chaque visite d'amour, l'obscur sentiment de sa virilité remise en question. Et Ermancia s'assurait avec vigilance qu'Olmène renouvelait ses offrandes à Erzuli afin que Tertulien ne connût jamais la paix de l'esprit. Jamais.

Le petit Dieudonné, fruit de son ventre, naquit cinq mois après l'installation d'Olmène dans sa nouvelle demeure. Elle accoucha avec l'aide de sa mère et d'Ilménèse, celle-ci ayant pris soin de chasser tous les mauvais esprits errants qui auraient pu rôder autour de la maison ou sur le toit et dévorer le nouveau-né. Olmène posa fermement ses mains sur une chaise attachée au lit par Ilménèse, matrone, *fanm saj*, et hurla : « Tertulien, je te hais. Plus jamais je ne te laisserai me toucher. » Elle cria plusieurs fois de suite au milieu de douloureuses contractions qui lui raclaient le fond du ventre au couteau.

Quand l'enfant apparut entre ses cuisses, elle l'appela Dieudonné. Parce qu'elle aimait l'idée que ce fils soit un cadeau de Dieu, qui sait tout, voit tout, entend tout, donne tout. Dieudonné serait un *roi*. Son *roi*. Appelé à être l'étoile filante d'un *lakou*. « Dieudonné nous sauvera tous. Il ira à l'école et sera, pourquoi pas, arpenteur, médecin ou, qui sait, président. Oui, président, et pour nous, à Anse Bleue, il retournera le malheur comme un gant. »

Ilménèse lui massa le ventre avec un mélange de feuilles de papayer, d'avocatier et de quenepier. Et, un mois durant, Olmène et son nouveau-né ne quittèrent pas leur maison. Olmène se régénéra, ivre de bains parfumés pour rester ferme et femme, réécouta les conseils des entremetteuses et toutes les recettes de femmes prêtes à courtiser et à être prises. Dieudonné, quant à lui, puisa dans le sein de sa mère et sous les caresses de ses mains les premières forces d'ici et d'ailleurs, celles visibles, celles invisibles, pour s'engager dans la grande occupation de vivre, de croître et de vouloir, dans un lieu où tout est défi et victoire.

Quatre mois après la naissance de Dieudonné, Tertulien fit tuer deux cabris et deux porcs pour une fête dont nous nous souvenons encore à Anse Bleue. Toutes les branches de l'arbre des Lafleur étaient là. Les femmes avaient revêtu une robe de *carabella** sortie de dessous leur lit comme pour toutes les grandes occasions, les hommes leur grande chasuble. Les enfants riaient et couraient dans la forêt de jambes des adultes. Ermancia, Ilménèse, Cilianise et Olmène mirent la dernière main aux préparatifs pour le repas. Les odeurs nous arrivaient, dorées, joyeuses. Orvil s'assit à l'écart un instant, silencieux, regardant tous ceux qu'il aimait réunis là. Toutes les branches du grand arbre des Lafleur. Au loin, la mer faisait la belle et la douce. Un léger vent venu des montagnes agitait les arbres. Orvil ferma les yeux et respira de contentement. Comme on le fait pour saisir un don rare.

C'est la seule et unique fois où nous avons mangé en laissant même des restes. Preuve irréfutable, s'il en est, que la fête avait été grandiose. Que nous en avions eu pour notre *grand goût*. Tertulien Mésidor n'avait lésiné sur rien : le *tchaka*, le boudin de cabri, le cabri grillé, le *griot* de porc, le riz au *lalo**, les poules à la sauce créole, les *bananes pesées**, les ciriques, le riz aux *djon-djon**.

Nous avons mangé comme s'il s'agissait de notre dernier repas. Comme si la famine était à nos trousses et menaçait de nous rattraper. Là, tout de suite. Comme si toute la nourriture du monde allait disparaître à jamais. Comme si la mort nous tendait déjà la main. Nous avons mangé avec avidité. À en être repus. Nous avons mangé avec un plaisir où se mêlaient la panique et l'effroi de manquer à jamais. Notre plaisir en fut décuplé. Les hommes avaient défait les premiers boutons de leur chasuble et les femmes desserré leur ceinture. Nous avons mangé à en être ivres, *désounin*.

Avec nos robes et nos chasubles tachées de sauce et nos mains graisseuses, tout l'après-midi, cavaliers et cavalières, nous avons dansé le quadrille, le menuet, comme au temps où nos ancêtres imitaient derrière leurs cases la cour des rois de France. Des musiciens venus à la demande de Tertulien de l'autre côté du morne Lavandou nous ont fait danser au son du tambour, de la flûte et du tambourin : *« Kwazé les pas. »*

Le malheur allait pourtant bientôt fissurer nos vies, mais nous ne le savions pas encore. Nous ne savions pas encore que c'était la dernière fois que les descendants des Lafleur se retrouvaient au grand complet. Tous. Nous ne nous doutions pas que les événements, dans une course de plus en plus folle, allaient sceller et consacrer des séparations, des départs et des morts dont nous n'allions jamais nous remettre. Jamais.

Nous avons laissé les lieux à la tombée de la nuit avec la douceur d'un contentement sans limites. Tertulien Mésidor regarda la foule s'éloigner dans ses derniers rires, certains hommes titubant dans la pénombre, et les femmes tranquilles dans leur démarche chaloupée. Il se retourna et apprécia un long moment la croupe fondante d'Olmène, ses yeux qui l'avaient foudroyé au marché de Ti Pistache, son silence insondable où il aimait tant s'oublier. Et Tertulien se dit qu'il était un homme puissant, et qu'il avait bien de la chance.

17

En septembre de l'année 1963, le malheur allait creuser des entailles profondes dans la vie de milliers d'hommes et de femmes. Des silhouettes furtives rasaient les murs dans la nuit de Port-au-Prince pour éviter les phares des DKW. Avec leurs casques, leurs fusils, les ombres bleues des miliciens avançaient dans les DKW, fouillant les entrailles de la ville. Ils défilaient dans les ténèbres, formant la horde de la haine, pourchassant les ombres fiévreuses, tremblantes, qui se glissaient entre les arbres, se précipitaient dans des corridors obscurs, tentant de se confondre avec les portes, les palissades, les fenêtres. C'étaient la cadence de leur propre cœur et le souffle de leur propre voix qui maintenaient encore debout ces frêles silhouettes et les faisaient avancer, aveugles, affolées. Et tous ces chuchotements, ces souffles, ces cris, ces crissements de pneus éveillaient les esprits cruels de la nuit. Alors, les ombres tremblantes guettaient les pas sur l'asphalte, le sang figé d'effroi dans leurs veines, jusqu'à ce qu'ils fussent fusillés par les phares des DKW, comme un prélude à leur deuxième mort, la vraie. Jusqu'à ce qu'un cri, longue lame aiguisée, ne tailladât la nuit.

En septembre 1963, l'homme à chapeau noir et lunettes épaisses recouvrit la ville d'un grand voile noir. Port-au-Prince aveugle, affaissée, à genoux, ne vit même pas son malheur et baissa la nuque au milieu des hurlements de chiens fous. La mort saigna aux portes et le crépitement de la mitraille fit de grands yeux dans les murs. Jamais ces événements ne firent la une des journaux.

À Anse Bleue, nous n'avons su qu'après. Par la bouche prudente et apeurée des rares voyageurs qui revenaient de la grande ville. Nous n'avons pas vu les ombres foncer sur nous à folle allure. Nous étions loin. Bien trop loin. Pourtant notre vie n'allait pas tarder elle aussi à se flétrir, le sol à se fissurer sous nos pieds, et les robes claires des femmes à se noircir de la teinte du deuil. Nous n'avons vu que plus tard la mort se déployer au-dessus de nous comme un affreux soleil.

Au tout début du mois de septembre 1962, Dorcélien était passé de village en village annoncer que des camions viendraient chercher des hommes et les emmèneraient à Port-au-Prince. Pour des rassemblements en l'honneur de l'homme à chapeau noir et lunettes épaisses. Il le répétait à chaque fois avec la voix solennelle d'une autorité des lieux et l'exaltation fiévreuse d'un *divinòr**. La confusion n'en fut que plus grande pour nous tous, et le vertige des hommes jeunes comme Léosthène plus profond.

Dorcélien arriva un midi à Anse Bleue. Après les salutations d'usage, il vanta en long et en large les mérites d'un tel voyage, qui allait enfin éloigner la main du malheur. «Port-au-Prince a donc un tel pouvoir», pensa Léosthène qui, intrigué, s'approcha de Dorcélien. Des images s'éveillaient déjà derrière ses paupières. Dorcélien devinant sa proie prête à mordre à l'hameçon, enchaîna : «Et qui sait, par chance, si certains ne porteront pas bientôt l'uniforme bleu ? Qui sait ? » Il avait prononcé ces mots lentement, en s'appesantissant sur les consonnes et en prolongeant les voyelles, faisant résonner ses paroles comme s'il s'agissait du nom d'un *lwa* puissant et bénéfique. Dans les yeux de Léosthène s'allumèrent des feux qui disaient tout. Que cette vie qui avait traîné ses pas tout le long de ses années venait frapper enfin à sa porte. Que cette porte, il l'ouvrirait toute grande pour la laisser s'engouffrer et l'emporter sur ses ailes. Que personne ne l'arrêterait. Personne. Les yeux d'Orvil disaient au contraire que Port-au-Prince était trop loin et qu'on ne pouvait pas, sans conséquences et sans regrets, faire fi du passé. De la terre. Du sang. Pour creuser sa propre loi. Ailleurs. Non, on ne le pouvait pas ! Dorcélien, sentant Léosthène mûr à point et acquis à sa cause, n'hésita pas à lui préciser : « Léosthène, je t'attends demain à Baudelet, en face de la boutique des Frétillon. » Et de rajouter, en évitant le regard d'Orvil : « J'attends les hommes vaillants comme toi. Les vrais. Ceux qui sont sans peur. » Pour enfoncer le clou et creuser à jamais la distance entre le père et le fils, il conclut : « Des hommes qui ne portent pas leur pantalon juste pour la beauté du tissu. »

Léosthène se rendit l'après-midi même chez Olmène.

« Ma sœur, il y a de quoi faire à Port-au-Prince.

– Pourquoi Port-au-Prince, et pas Saint-Domingue, où tu pourrais couper la canne, ou même Nassau, ou Turk and Caicos comme Fleurinor, et revenir avec des billets et des billets en poche ? » lui rétorqua Olmène, qui ne comprenait pas cette précipitation soudaine de Léosthène.

Saint-Domingue dont elle lui avait tant parlé et qui, par moments, faisait briller son regard. Mais l'attente avait rongé la patience de Léosthène jusqu'à l'os. Et, de même qu'il n'avait pas trouvé les mots pour dire l'impatience, ceux pour dire le départ s'embrouillèrent dans sa bouche. Il se contenta d'entourer Olmène de ses bras et s'en alla annoncer sa décision à son père.

Léosthène se réveilla dans la nuit, résolu désormais à mettre fin à sa lutte contre la terre, les eaux et le soleil. Il embrassa Orvil, Ermancia et Fénelon, et partit. Rien n'aurait pu venir à bout de son obstination. Rien. Orvil respira l'haleine fraîche de la nuit et mit du temps à fermer cette porte que son fils avait ouverte sur le silence et les ombres.

Devant la boutique des Frétillon, Léosthène se laissa pousser à l'arrière d'un camion avec d'autres hommes comme du bétail. Entassés. Serrés les uns contre les autres. Flanc contre flanc. Nez contre nez. Ne manquaient plus que les cris des porcs, des ânes ou des bœufs. Mais rien ne pouvait arrêter Léosthène. Rien. Ni l'air brûlant. Ni l'odeur de transpiration qui le suffoquait presque. Ni la rocaille et la poussière sur lesquelles le camion avançait à grand-peine. Ni les pentes dangereuses du morne Lavandou. Qui pouvaient à tout moment les envoyer dans le précipice de l'éternité. Qui en avaient déjà envoyé quelques-uns *ad patres*.

Ce fut donc par un après-midi du mois de septembre 1962 que Léosthène Dorival, fils d'Orvil et d'Ermancia, s'en alla dans la grande bouche dévoreuse de Port-au-Prince. Allions-nous jamais le revoir ? Nous espérions et nous n'espérions pas. Nous nous sommes posé des questions jour après jour, semaine après semaine, et puis un jour nous avons perdu tout courage de lui entrevoir un avenir. Nous ne nous sommes plus posé de questions. Lui seul savait, et il était parti sans nous livrer son secret. Celui qui fait que certains partent et que d'autres restent. Liés les uns aux autres. Pour le meilleur et pour le pire. Jusqu'à la fin. Jusqu'à ce que sonnent les trompettes du Jugement dernier…

Anse Bleue, Pointe Sable, Ti Pistache et tous les hameaux, bourgs et villages des environs furent ainsi dépouillés de quelques-uns de leurs hommes les plus vaillants. Parmi ceux qui restèrent, certains s'acharnèrent en silence à amadouer une terre qui se rebiffait, en chassant le souvenir des camions. Ceux qui ne se taisaient pas furent pris dans la fièvre bleue des milices et parlèrent haut et fort. Chez nous, dans le *lakou*, il y eut, comme partout ailleurs, des silencieux et des bavards.

Le père Bonin, sentant notre ébranlement, s'évertua à rappeler à notre entendement la nature des péchés et la différence entre eux, les véniels comme les petits mensonges, les capitaux – sauf la gourmandise qu'il enleva de sa liste parce que nous mangions à peine à notre faim. Pour les mortels, il insista sur l'horreur du *plaçage** : «Un homme et une femme doivent être unis devant Dieu». Puis il passa de case en case pour parler du sang de Jésus sacrifié sur la Croix, du baptême des enfants de Dieu, et du courage à montrer face aux épreuves d'où qu'elles viennent, à l'exemple du Christ. Il baptisa à tour de bras, unit de force dans son église deux ou trois couples qui acceptèrent de *bénir le péché*, et apprit à lire à quelques enfants d'Anse Bleue dans son école, sous la tôle brûlante à côté du presbytère.

18

Ni l'inconnu qui s'est éloigné, ni ceux qu'il aura bientôt ameutés, hommes, femmes, vieillards et enfants, ne pourront plus grand-chose contre moi. Je ne peux malgré tout m'empêcher de me méfier de tous ces étrangers qui ne manqueront pas de surgir pour m'examiner sous toutes mes coutures.

Après avoir fait trois jours durant se retourner les bêtes, s'envoler les branches des arbres, soufflé les toits, le nordé* a perdu de sa violence.

J'entends le souffle de la mer dans mon dos. À droite, une soudaine rumeur, à peine perceptible, se mélange aux couleurs incertaines. Une rumeur bruissant d'odeurs et des premiers appels des chrétiens-vivants.

Je reviens d'une longue nuit.

À force d'eau, de sel et d'iode, mon corps s'est fait animal marin, et voilà que, dans ma légèreté, j'ai suivi la crête des vagues qui s'étirent avant de se retirer loin, très loin, jusqu'au plus profond de l'épaisseur des eaux. Et la masse énorme a fermenté et grondé, remontant à nouveau vers l'écume moutonneuse pour se briser sur les rochers.

Dans les premières heures du matin, d'autres hommes, emmitouflés dans leurs vêtements, sortent *des cases malgré le vent et les eaux, et crient mon nom à tue-tête. Tous dehors. Arrachés à leur couche. Lâchés dans la nature.*

Ce sont les dernières voix que j'ai entendues avant celle de l'inconnu et des deux hommes sortis des maisonnettes les plus proches de la grève. Ils ont très vite rejoint l'inconnu à mi-chemin. Les voilà qui s'approchent. Après ces trois jours d'ouragan, on dirait des Lazare tout frais sortis de leur tombe, mais sans aucun Jésus, comme dans la bible du pasteur Fortuné, pour expliquer quoi que ce soit. Aussi perdus que nous l'avons été le premier soir où l'avion a survolé Anse Bleue. Que de confusion depuis ces dernières semaines. Que de confusion!

Je pense à Cocotte et Yvelyne. Il a suffi d'un seul regard posé sur moi pour que rien ne soit plus pareil. Jimmy, fais-moi écouter une nouvelle chanson…

Sur le chemin, Yvelyne, Cocotte et moi avons croisé Jimmy, le seul étranger des cinq villages et hameaux alentour. Le seul. Pas si étranger que ça de toute façon. Arrivé il y a quelques semaines. Pour reprendre ses droits et possessions sur ses terres. Les terres des Mésidor. Et moi, je le suis à la trace. Petite bête à l'affût dans l'herbe sauvage. Je m'accroche à ses talons.

De sa 4×4 flambant neuve, la voix de Wyclef Jean à plein tube appelait le 911 – «Someone please call 911» – *et Mary J. Blidge lui répondait:* «This is the kind of love my mother used to warn me about». *La sono à crever les tympans. Et Cocotte, Yvelyne et moi, nous ne tenions plus en place. Nous avons avancé en cadence, des fourmis dans les jambes, du cool dans tout le corps. Rien à voir avec Les Invincibles, l'orchestre de Roseaux. Minable. Nul. Deux guitares, trois tambours,* un keyboard. Et c'est tout. Un chanteur à la voix fluette, une pomme d'Adam proéminente, et myope comme ce n'est pas permis. Sans ce goût d'inconnu. Sans ce goût de grande ville. Sans menace et sans danger sur le grand galop de la vie.

Encore un peu et nous aurions dansé sur la route cahoteuse comme dans une vraie discothèque. Comme au Blue Moon de Baudelet où, Cocotte, Yveline et moi, nous rêvions d'être emmenées un jour. Un jour… Alors nous avons juste ri sous cape en accélérant le pas. Curieuse comme pas une, j'ai été la seule à me retourner.

Jimmy a descendu la vitre et montré un visage qui n'était ni beau ni bon. Et moi, ni belle ni bonne, j'ai voulu l'allumer comme une torche. Pour voir… Rien que pour voir.

Je l'ai appelé « monsieur » et cela lui a plu, alors que tout au fond je voulais lui crier : « Oh, Jimmy, mon amour ! Je fais semblant de ne pas te voir alors que, depuis des semaines, je ne vois que toi. »

Nous commençons à bien connaître Baudelet. Nous y passons la semaine chez des cousins. La grande école est à quelques maisons du Blue Moon. Pas moyen pour Cocotte, Yvelyne et moi de l'éviter. Et puis, au sortir de l'école, nous avions convenu de troquer nos chaussures fermées d'écolières pour des sandales d'aguicheuses. Et, le matin même, que deux d'entre nous laisseraient le champ libre à celle que Jimmy regarderait la première. Je m'étais juré que ce serait moi. Je lui avais parlé silencieusement tant et tant de fois. Plus clairement que si j'avais crié de toutes mes forces. Lui voulait nous laisser macérer dans notre jus. Moi plus que toutes les autres. Dans cette affaire, Jimmy avait un trop beau rôle. Il le savait. Arrivé de la ville. Ayant comme unique activité d'écumer la campagne, pour des raisons que nous ignorions. Et, à ses heures d'oisiveté, de faire le beau et le coq.

Alors nous passons devant le Blue Moon, le cœur sous nos pas. Et là, sans qu'on s'y attende, il allonge la jambe et nous manquons de tomber face contre terre, et il rit. Un rire d'homme ivre qui cherche le chemin d'une nuit canaille. Nous accélérons le pas. Mais, moi, il m'attrape par le bras, se penche à mon oreille : « Tu me cherches, tu me trouveras. » Jimmy me l'a murmuré en se penchant jusqu'à me toucher l'oreille.

Je ne dis rien. Je ne prononce pas un seul mot, mais Jimmy lit dans mes pensées comme s'il avait bu dans mon verre : « Viens mon amour, viens mon amour. Ma bouche salive de mots pour toi. »

Jimmy m'a prise par le bras et m'a conduite à l'étage du Blue Moon. Que dire de l'endroit si ce n'est que la lumière tamisée me rappelait la lune. Une lune en plein jour, me suis-je dit.

Jimmy m'a prise sous l'emprise de l'alcool. Par terre. Sur le sol nu. Il a défait sa braguette qui s'est ouverte sur un sexe déjà droit et menaçant. A enlevé son pantalon en se contorsionnant. Et sans la moindre considération, en se moquant bien de me faire mal, il m'a écarté les jambes et pénétré dans un déchirement atroce. J'ai bien cru que mon vagin allait exploser. Quand j'ai poussé mon premier cri sous lui, il a juste dit dans des mots que je voulais rassurants mais qui ne l'étaient pas : « Tu finiras par aimer ça. »

Cocotte et Yvelyne m'ont attendue une demi-heure non loin du Blue Moon. Yvelyne a jugé bon de me rappeler que je regardais trop les garçons dans les yeux. Que cela faisait naître chez eux de drôles de pensées.

*Cocotte, elle, m'a dit plus tard que c'était à cause de
la couleur de mes sandales. Rouges. Que ce n'était pas
une couleur que l'on portait pour aller travailler ni en
plein jour. Je lui ai dit que c'était l'exacte couleur de
mon humeur, rouge passion, rouge hibiscus. Toutes les
deux m'ont dit que je le regretterais. Sur-le-champ, j'ai
pensé qu'elles étaient jalouses. Et j'ai gardé le silence
comme une reine.*

*Voudrais revenir à ce corps d'antan, ma prison tra-
versée de chants, de faims, du soleil d'Anse Bleue, de
mon enfance qui y sommeille encore.*
Mère, mère, où es-tu ? Altagrâce… Tante Cilianise.

19

Normil Exilien, à qui Tertulien vendait du café, du bois précieux et des terres prises de force à des habitants des cinq villages sur lesquels il régnait, était devenu un homme puissant. Avant qu'il ne devînt cet homme puissant, Tertulien avait toujours vu en Normil un ami. Pourtant, lorsqu'il lui rendit visite juste après que Dorcélien eut envoyé à Port-au-Prince son premier convoi d'hommes, Normil Exilien salua Tertulien sans la chaleur et la connivence d'antan. Pire, il lui sembla tout à coup que le ton de Normil était celui d'un supérieur envers un subalterne. Non, il ne se trompait pas… Tertulien regretta à nouveau de n'avoir pas fait montre de plus de déférence pour l'homme à chapeau noir et lunettes épaisses. Il avait un moment hésité entre celui-ci et son rival malheureux aux élections, un agronome, un bourgeois, mulâtre de surcroît. « Mais qu'est-ce qui m'a pris, bon sang, qu'est-ce qui m'a pris ? » se dit Tertulien. Ce n'était pas qu'il fît davantage confiance à ce candidat, il avait juste mis tous ses œufs dans le panier de ce dernier, et aujourd'hui payait cher son erreur de jugement. L'homme à chapeau noir et lunettes épaisses l'avait certainement su, car tout se sait dans cette île. Et le chef suprême lui en voulait. De cela, Tertulien était certain. Il lui gardait une rancune tenace pour lui avoir préféré ce mulâtre, ce bellâtre, à lui, le petit médecin de campagne qui voulait tant représenter le peuple noir.

Dorcélien fit son apparition tandis que ces pensées travaillaient Tertulien. Au moment où il imaginait comment inverser le sort en sa faveur. Quand Normil lui demanda de l'attendre un moment et reçut Dorcélien avant lui, toutes ses appréhensions se confirmèrent. Il sentit son pouls s'accélérer. Il transpirait plus que d'habitude. « Je me suis mis dans une drôle de situation. » Il lui fallait coûte que coûte trouver un moyen de clamer son attachement indéfectible à l'homme à chapeau noir et lunettes épaisses. Trouver une manière quelconque de faire allégeance. Il s'assit et commença sa rumination d'homme conscient qu'en terre haïtienne il fallait savoir retourner sa veste. Vite. Très vite. Il s'exerça mentalement à ses prochaines figures d'acrobatie.

Tertulien attendit ainsi une bonne demi-heure. Il avait pensé frapper à la porte du salon de Normil ou même s'en aller. Mais s'était ravisé. Se disant que seul un pouvoir nouvellement acquis par Dorcélien avait pu pousser Normil à lui infliger un tel affront. Il n'avait pas le choix. C'était cet homme, Normil Exilien, qui avait ses entrées au Palais national et non lui, Tertulien Mésidor. Cet homme qui l'avait pris de court et qui maintenant susurrait des choses à l'oreille de l'homme à chapeau noir et lunettes épaisses. Cet homme, que Tertulien appelait volontiers jusqu'à ce matin-là « mon ami », n'en était pas un, plutôt un complice avec qui il avait déjà commis quelques crimes occasionnels par le passé et, avec le temps, des forfaits sur une base plus constante. L'occasion venait de se présenter à Normil Exilien d'oublier Tertulien Mésidor et les souvenirs de leurs rapines, escroqueries et rires grivois. Il n'avait pas hésité à la saisir comme l'aurait sans aucun doute fait Tertulien à sa place. Tertulien, qui s'était toujours cru un homme puissant, ne l'était déjà plus tout à fait. Il se surprit à murmurer tout seul : « L'homme à chapeau noir et lunettes épaisses est en train de rendre encore plus glissante qu'elle ne l'était déjà la terre de cette île. Où on se casse tout, les os, les dents, la colonne vertébrale, et l'âme, quand il en reste encore une. »

Lorsque Dorcélien quitta le salon de Normil, Tertulien ne sut pas exactement comment le saluer. Devait-il une quelconque déférence à Dorcélien ou maintiendrait-il sa supériorité d'antan ? Il choisit l'entre-deux, prudence oblige. L'homme à chapeau noir et lunettes épaisses avait renversé toutes les hiérarchies. Tertulien affichait un vrai malaise. Normil et Dorcélien, eux, jubilaient à l'idée de ce jeu de chaises musicales. Et en voulaient encore. Encore.

Deux semaines plus tard, Dorcélien longeait le sentier devant la maison d'Olmène en traînant au bout d'une corde, derrière lui, un paysan ligoté. Pieds nus. Le visage tuméfié. Fénelon, à qui Olmène avait demandé de venir l'aider à planter de nouveaux *candélabres** autour de la maison, s'arrêta net. Tertulien s'empressa de saisir son arme et de l'accrocher ostensiblement à son ceinturon. Olmène attrapa Dieudonné et le serra tout contre elle. Dorcélien regarda Fénelon, Olmène, et de nouveau Fénelon, puis, se penchant vers Tertulien, lui chuchota des mots accompagnés de gestes nerveux et rapides de conspirateur. Tertulien demanda alors à Olmène de rentrer, et à Fénelon de repartir vers Anse Bleue.

De l'intérieur de la maison, Olmène prêta l'oreille au bruit d'une pioche qui retournait la terre. Était-ce parce que ces coups l'atteignaient tout au fond de son ventre, mais elle aurait juré sur ce qu'elle avait de plus cher, sur Dieudonné, que la terre geignait. Et elle, Olmène, entendait ses plaintes. Elle chanta tout bas une berceuse à son fils :

> *Ti zwézo koté ou pralé ?*
> *Mwen pralé kay fiyèt Lalo*
> Petit oiseau, où vas-tu ?
> Je vais chez mam'zelle Lalo

Olmène le fit pour ne plus entendre ces gémissements, et saisir au passage un peu de cet air qui semblait soudain se raréfier entre les murs de la maison. Mais questions et suppositions l'assaillaient sans répit. On ne retournait pas cette terre pour planter. Pas du tout. Cela faisait trop longtemps qu'on piochait. Non, ce n'était pas pour planter. Peut-être qu'on y creusait un trou ? Rien qu'un trou. Mais, vu le nombre et la vigueur des coups de pioche, ce devait être un grand trou. Et pour quoi faire ? Tandis que l'adjoint de Dorcélien creusait encore et encore, les pensées entremêlaient leurs fils dans la tête d'Olmène. Alors elle se dit que, décidément, ce trou serait assez grand pour contenir quelque chose sur quoi elle ne pouvait, ne voulait pas encore mettre de nom. « Grâce la Miséricorde, grâce la Miséricorde ! » Olmène chanta de plus belle.

Elle chanta pour ne plus entendre le vacarme des pioches. Se refusant encore à faire le lien entre l'homme qu'elle venait de voir passer et le trou. Quand l'adjoint s'arrêta de creuser, elle arrêta net de chanter, retint son souffle, et posa la main droite sur sa bouche pour ne pas hurler et effrayer Dieudonné. Pour ne pas attirer non plus l'attention de Dorcélien ni déplaire à Tertulien. Elle serra Dieudonné dans ses bras encore plus fort, pour que le souffle maléfique qui balayait la colline ne l'atteignît pas.

Le paysan fut enterré quelque part au bas de cette pente, au fond de la ravine, non loin d'un *arbre véritable**. On avait dû lui mettre un bâillon pour qu'il ne criât pas comme une bête hurle à la mort. L'adjoint de Dorcélien retourna le sang avec la terre. Une fois leur tâche accomplie, Tertulien, Dorcélien et son adjoint se frottèrent les mains avec des plantes arrachées sur leur passage. Dorcélien et son adjoint disparurent derrière la maison en escaladant l'autre côté de la ravine.

Tertulien ouvrit la porte quelques minutes plus tard et demanda à Olmène de l'eau pour se laver les mains. Malgré sa difficulté à respirer, malgré son effroi et sa stupeur, Olmène ne laissa rien paraître. Elle regarda fixement la couleur de l'eau, hypnotisée. Elle ne servit pas à Tertulien sa tasse de café. Elle ne l'entendit pas lui dire qu'il reviendrait dans trois jours. Elle ne le vit pas partir. Ses yeux avaient précédé son jugement, aveugles déjà à cet homme.

Olmène était déjà loin. Très loin. À l'intérieur d'elle et ailleurs. Longtemps l'eau aurait le goût saumâtre du sang. L'image de l'homme, un bâillon sur la bouche, les mains ligotées, les yeux grandis par l'effroi, rongerait longtemps ses nuits. Les nôtres aussi, une fois qu'Olmène nous eut fait le récit de cet après-midi maudit.

Quand, trois jours plus tard, Tertulien revint la visiter, Olmène s'ouvrit à lui avec un mélange de résignation, de peur et de dégoût, persuadée que jusqu'à l'odeur de Tertulien n'était plus la même. Qu'il sentait la pourriture et le souffre. Oui, le souffre. Et, après qu'il se fut retiré de son ventre, elle crut bien avoir forniqué avec le diable en personne. À cet instant précis, Olmène prit la décision de partir. Pour n'importe où, mais partir. Elle pensa fortement à Léosthène. Nous l'avons sentie chaque jour un peu plus loin dans sa tête et savions qu'elle finirait par nous quitter elle aussi. Qu'un jour, ce serait son corps qui nous abandonnerait. Rien qu'à la regarder ou à l'approcher on pouvait entendre les mots qu'elle se répétait, se répétait : « Je finirai par mettre un pied devant l'autre. Je finirai par le faire. Sauvée. Je vais me sauver et je serai sauvée. »

Tertulien sentit son emprise sur Olmène se relâcher malgré les galons qu'il gagnait chez les bleus, malgré l'argent qu'il accumulait. Il doutait de lui-même parce qu'il voulait tout, l'argent, les galons et Olmène. Il commença à lui reprocher ses retards au marché, ses visites trop longues chez Ermancia et Orvil, et ses repas fades comme son corps qui ne répondait plus. Alors un jour il la frappa. Puis un autre jour. Mais il revenait chaque fois sans rien dire, telle une bête prise en faute. Gauche dans ses gestes et ses mots, qu'il semblait chercher tout en parlant très fort. Se demandant ce qui l'aiderait à franchir le mur qu'avait dressé Olmène. N'y tenant plus, un après-midi, il la prit de force, maintenant ses poignets contre le matelas et lui demandant à chaque coup de boutoir si c'était aussi bien qu'avec les petits jeunes inexpérimentés. Olmène, les cuisses meurtries, ne répondit pas. Ne répondit jamais lors de toutes les autres visites. Elle ne répondit à personne. Même quand, un matin qu'il était venu l'aider pour les semailles, Fénelon lui demanda en voyant sa paupière tuméfiée si elle s'était fait mal en tombant. Dans sa tête, elle était déjà dans le voyage. Léosthène n'avait pas voulu que le malheur lui fît plier les genoux. Olmène ne voulait pas qu'un homme l'usât jusqu'à la corde.

La veille de son départ, elle passa la nuit chez Ermancia et Orvil, et demanda à Fénelon de faire le guet. Ermancia lui rappela toutes les leçons sur la vie, les hommes, les femmes, sur la terre, sur les dieux. Orvil fit avec elle le tour du *démembré* et Olmène alluma une bougie sous chacun des arbres où reposaient les dieux de la famille, s'attardant devant celui où avait été enfoui son cordon ombilical. Nous les avons suivis en silence, les larmes aux yeux, la colère au fond de la gorge. Fénelon, contrairement à nous, ne pleurait pas. Il ramassait sa propre colère pour en faire autre chose que de la résignation, de la soumission ou de la ruse. Quelque chose que nous aurions tous voulu connaître mais qu'il nous cachait bien.

Orvil passa toute la nuit à préparer une protection pour sa fille. Une petite statuette avec un morceau de miroir brisé sur la poitrine, qu'il plaça dans une bouteille d'eau. Question d'alerter les anges sous les eaux, Damballa*, Aida Wèdo, Agwé, Simbi et Lasirenn, que sa fille se trouvait dans une mauvaise passe et qu'ils devaient la protéger. À l'aube, au moment du départ, Orvil l'implora de revenir. Même dans très longtemps. Mais de revenir. De ne pas se mettre en danger. La bataille des Lafleur devait se jouer ici et nulle part ailleurs.

Olmène embrassa Dieudonné, qui dormait tout contre Ermancia, sans le réveiller. Tout ce que possédait Olmène tenait désormais dans un baluchon qu'elle cacha sous quelques légumes dans un panier. Histoire de ne pas susciter de soupçons. De ne pas délier les langues.

Laisser son passé derrière elle était une expérience qu'Olmène vivait comme un cadeau. Comme un don. Elle ne voulait pas être défaite. Elle reviendrait de l'autre côté de la résignation, de la peur, de la colère. Elle reviendrait. Mais il fallait d'abord s'arracher par la fuite à un avenir noir. Olmène avait à peine dix-huit ans et voulait convoquer la vie. Brûler les jours. Tout Anse Bleue s'était réuni devant la case d'Orvil et d'Ermancia. Olmène se détacha de nous et avança jusqu'au bout du chemin à pas légers, comme si elle allait danser.

Quatre jours après le départ d'Olmène, Tertulien, pris entre rage et chagrin, se présenta chez Orvil et lui intima l'ordre de la ramener à la raison et chez elle, et fixa même un délai : « Si dans une semaine… » Dans la voix de Tertulien, on entendait que l'homme avait repris de la puissance. À l'arrivée de son père, Dieudonné avait couru vers lui en riant, sur ses petites jambes peu sûres, et s'était accroché à son pantalon. Tertulien se contenta de poser la main sur ses cheveux et parla d'autorité à Orvil, qui jamais ne répondit. Il s'en alla sans se retourner, au milieu des pleurs et des cris de son fils qui le réclamait. Olmène partie, Dieudonné était devenu tout à fait insignifiant. Négligeable. Un enfant naturel, illégitime.

Après le départ de Léosthène, la mort du paysan et la fuite d'Olmène, nous serions désormais tous, à Anse Bleue, encore plus qu'avant, devancés par des événements venus d'ailleurs. Et puis nous traînerions les pieds à cause du poids de ceux que nous allions nous-mêmes engendrer.

20

«Vous n'êtes que des lâches. Bande de poltrons… Vous vous laissez malmener sans rien dire, sans aucune protestation. On vous piétine et, au lieu de vous défendre en enlevant le pied, vous tendez tout le corps, le dos, le ventre, la tête, pour que l'on vous marche dessus. Pour que l'on vous écrase comme des vers de terre. Oui, c'est ce que vous êtes, des vers de terre.»

Père Bonin avait, ce dimanche-là, choisi la colère pour nous parler. Sa peau avait viré à un rouge que nous n'avions jamais vu. Déchaîné, il prononçait son sermon dans une grande exaltation. Avait-il bu plus de vin que d'habitude ? Nous n'en savions rien. Mais sa voix était éraillée comme celle d'un vieil ivrogne. De toute façon, c'était par cette voix abîmée que passait la parole de Dieu. Et, à en croire ce que disait père Bonin, Dieu ne nous aimait pas beaucoup ce dimanche-là.

Nous nous sommes dit que peut-être un redoutable *lwa Pétro** dansait dans la tête de père Bonin. Il était vraiment très en colère contre nous. Contre ceux qui quittaient villages et hameaux à bord des camions. Contre ceux qui les emmenaient. Contre ceux qui les faisaient chercher. Contre nous qui les laissions partir. «Et la terre, dites-moi, qui va se battre pour elle ?»

Pris par surprise, nous n'avons pas bronché, certains d'entre nous le cou ceint d'un scapulaire, d'autres d'un chapelet, et quelques-uns des deux. Cachant bien notre stupéfaction, nous n'avons pas non plus fait entre nous le moindre commentaire. Pas un. Nous ne bronchions pas. Plus que jamais engoncés dans notre unique vête-ment du dimanche. Dans notre impassibilité. Dans notre silence paysan. Visiblement, père Bonin était au courant d'événements et de choses que nous igno-rions. Des affaires de gens plus puissants que nous, des affaires de *grands Nègres* et de *grands Blancs*. Des affaires sur lesquelles nous n'avions aucune prise et desquelles nous voulions nous tenir éloignés.

Dorcélien quitta l'église en furie, menaçant du doigt père Bonin qui fit une pause de quelques secondes en le regardant droit dans les yeux. Dorcélien et père Bonin semblaient avoir entamé une conversation par-dessus nos têtes et s'être compris. Contrairement à nous, qui sommes restés raides comme des statues, silencieux, serrés épaule contre épaule, transpirant un peu plus que d'habitude. Cette scène ne faisait que nous confirmer au plus fort de nous qu'il s'agissait bien d'une histoire entre des gens plus grands que nous.

Au départ de Dorcélien, père Bonin continua de plus belle : « Un enfant de Dieu est aussi un enfant qui relève la tête et qui chasse les mécréants comme Jésus l'a fait avec les marchands du Temple. Vous n'avez pas à tout accepter, à tout avaler sans mot dire, sans opposer la moindre résistance. On vous anéantirait jusqu'au der-nier que je n'entendrais rien de vos lèvres. Que vous ne soulèveriez pas un bâton pour frapper l'ennemi. »

Nous nous sommes mis à hocher légèrement la tête. À notre insu peut-être, car aucun d'entre nous ne voulait avoir affaire avec Dorcélien.

Est-ce à cause de ce léger remous que père Bonin put lire sur nos visages que nous étions soulagés du départ de Dorcélien ? Difficile de le savoir. Toujours est-il qu'il se fit plus conciliant quand il ajouta, dans un créole qu'il commençait à maîtriser :

«Et puis je vous connais. Si vous croyez que je ne sais pas que vous fréquentez l'église, que vous vous agenouillez, que vous recevez le corps du Christ et, une fois rentrés chez vous, que vous vous adonnez à des rites de sauvages ! Oui, de sauvages ! Alors je vais vous dire, moi, ce qu'il adviendra de vous : la nuit ne cédera plus la place au jour, les plantes deviendront des pierres, eh oui. Les poissons ne seront que des souvenirs dans vos filets secs. Et vos bêtes n'accoucheront plus. Telle sera la volonté de Dieu. Amen.»

Et nous avons répondu : «Amen.»

Puis père Bonin appela d'autorité Yvnel, qui s'avança dans ses habits tout blancs d'enfant de chœur. Sa voix était toujours aussi méconnaissable quand il attaqua son chant en latin. Un de ces chants dont nous avions fini par connaître les sonorités à force de les entendre. Alors nous avons répété avec lui, mais plus fort que d'habitude, comme pour nous soulager d'un poids sur la poitrine :

Agnus Dei
Qui tollis peccata mundi

Les chants se levèrent en nous comme un soleil, nous gratifiant d'un peu de répit. Quelques-uns, bras ouverts et tendus vers le ciel, se balancèrent de droite à gauche. Appelant à la fois Dieu, les saints et les *lwas* à notre rescousse.

Dona eis requiem sempiternam

Une fois la messe achevée, Ermancia se glissa parmi les fidèles, encore sous l'effet des paroles de père Bonin. Elle avait à parler à la Vierge, dont la statue trônait à l'entrée, à droite de l'église, juste en face de celle de saint Antoine de Padoue. Elle ouvrit les deux bras et hocha la tête pour lui dire, à la Vierge, qu'elle attendait encore les miracles mais ne les voyait pas venir. Que sa patience était à bout. Qu'elle lui avait demandé que Léosthène et Olmène lui fissent signe. Au moins une fois. Qu'elle se tournerait bientôt vers d'autres plus puissants qu'elle : saint Jacques, l'archange Gabriel ou saint Patrick. Oui, absolument. Ermancia, déçue, en colère, frappa la statue de sa paume et invectiva la Vierge : « Tu es là, debout, à ne rien faire, à ne pas lever le petit doigt pour tes enfants. Depuis le temps que je te demande de me faire avoir des nouvelles d'Olmène et de Léosthène. Mais je ne reçois rien. Absolument rien. » Ermancia n'entendit pas père Bonin s'approcher. Quand en se retournant elle le vit, elle changea rapidement les coups en douces caresses. Le père Bonin la regarda du coin de l'œil, dubitatif, sachant qu'Ermancia ne parlait pas à la Vierge au Christ mourant sur ses genoux, mais bien à Erzuli Dantò avec sa cicatrice sur la joue, protégeant son enfant contre les vents, la faim, le soleil et les mauvais airs. Ermancia ferma pieusement les yeux, fit le signe de la croix et s'en alla, tête baissée, après avoir salué père Bonin.

« C'est ça, madame Orvil, c'est ça. »

Père Bonin avait fini par nous aimer tels que nous étions. Nous avions fini par aimer sa tendresse rugueuse. Pourtant il ne nous a jamais vraiment compris. Nous ne l'avons jamais vraiment compris non plus. Jamais. Mais était-ce le plus important ? Nous n'aurions jamais laissé quiconque toucher un seul de ses cheveux, et lui nous aurait défendu contre une armée entière.

Le sermon du père Bonin n'empêcha pas Fénelon de s'engager deux semaines plus tard dans la milice bleue. Le père Bonin pouvait à n'importe quel moment repartir chez lui. Là où il n'aurait pas peur. Là où personne ne viendrait lui ravir ses terres, lui voler ses bêtes ou lui arracher sa sœur. Nous n'avions nulle part où aller. Et, puisque la peur gagnait du terrain chez nous, à Anse Bleue, Fénelon choisit d'être du côté de ceux qui la disséminaient. Du côté des porteurs de lunettes noires, de machette, de foulard rouge et de revolver. Non de l'autre côté, celui qui la subissait. En l'absence de loi pour barrer la route à la peur, il choisit d'être la seule loi, et d'engendrer lui-même la peur.

Fénelon s'enrôla dès qu'un homme qui lui achetait du poisson à bas prix à Ti Pistache, pour le revendre au prix fort à Baudelet et jusqu'à Port-au-Prince, lui en fit la proposition. L'homme le présenta à Toufik Békri, le frère de Mme Frétillon, qui avait transformé l'une des maisons des Békri en quartier général des hommes en bleu. Toufik Békri en était le commandant en chef.

Alors, la deuxième fois que Tertulien se présenta chez Orvil, il fut reçu par Fénelon vêtu de son uniforme bleu et qui avait mis bien en évidence son mouchoir rouge autour de son cou, le revolver à la ceinture et la machette à la main. De sa surprise pourtant grande, Tertulien ne laissa rien transparaître. Rien. Se contentant de lâcher : « Olmène est-elle revenue ? » Sans insister. Au moment de prendre congé, Fénelon et Tertulien se saluèrent comme deux taureaux mesurant leurs cornes, grattant le sol de leurs pattes avant une lutte qui n'aurait pas lieu.

À dater de cet événement, Fénelon inspira crainte et effroi dans les cinq villages alentour. Aux marchandes. Aux paysans. Aux représentants de l'ordre et de la justice. À tous. À chaque passage de Fénelon, quelqu'un devenait plus pauvre, perdait quelque chose ou se sentait soudainement plus petit. Et, en présence de ceux qui jadis le dédaignaient, le regardaient de haut, comme le juge, le commandant de la place ou les quelques bourgeois de Baudelet, son plaisir était décuplé. Il se grisait d'exister rien que pour les menacer et sourire. Pour les faire souffrir et jubiler. Quelquefois seul, parfois en compagnie tapageuse, avec Toufik, Dorcélien et son adjoint. À ceux qui, comme lui, étaient pauvres comme Job, il distilla d'abord de petits malheurs. Goutte après goutte. En attendant de leur en causer de plus grands quand l'occasion se présenterait.

21

Dieudonné grandit entre la mer et la terre chaude et rocailleuse d'Anse Bleue. Apprenant aux côtés d'Orvil et de Fénelon à déchiffrer les signes du ciel. À comprendre le langage des eaux, l'alphabet des vents. À distinguer un temps *demoiselle*, capricieux, d'un temps franchement *masqué*. À se rappeler qu'aller en mer, c'est connaître l'heure du départ, mais jamais celle du retour, car seuls Agwé et Dieu savent. À sortir les bêtes de l'enclos et les emmener boire. À courber le dos, à se briser les reins sous ce soleil qui poisse la peau, sous ces ciels secs qui font, jour après jour, se fermer le ventre de la terre et pousser la pierraille par-dessus. À caresser le ventre de cette même terre pour qu'elle enfante à nouveau. Vert. Dru. Doux. À réduire quotidiennement le petit mil en farine, dans le grand mortier au milieu du *lakou*, pour l'unique repas du jour. À distinguer les travaux des femmes de ceux des hommes et se faire servir par elles. À savoir laisser les femmes s'en-voler comme des hordes d'oiseaux au petit matin, et les attendre en silence dans la douceur des crépuscules. À crouler dans le sommeil avec une densité de pierre et une légèreté d'ange pour attendre les visiteurs des songes.

Dieudonné s'était fait à l'idée d'avoir trois pères et trois mères. Un père proche, Orvil, un autre plus lointain, Fénelon, et un père dont on ne lui parlait jamais. Trois mères : Ermancia, Cilianise et une absente, Olmène, dont il rêvait quelquefois. Elle arrivait de la mer ou des terres derrière les montagnes vêtue de blanc, et descendait une échelle pour s'approcher de lui qui tendait les bras, puis elle s'évanouissait dans un grand nuage blanc.

Dieudonné surprenait souvent sa grand-mère Ermancia en train de lancer un dernier coup d'œil à l'horizon avant de fermer la porte de la case à la tombée de la nuit. À croire qu'elle attendait quelqu'un. À croire qu'Olmène ou Léosthène allaient revenir comme ils étaient partis. Sans prévenir. Sans biens à transporter. Avec pour seul bagage des pieds assez solides pour marcher jusqu'aux rêves qui les avaient appelés. Elle imaginait ces mêmes pieds, robustes comme elle les aimait, les ramenant vers l'enfance, les ramenant dans le *lakou*.

Dieudonné grandit avec les mêmes peurs que nous, celles des esprits errants, des mauvais sorts, des *paquets rangés** à la croisée des chemins, et apprit les incantations pour convoquer les Invisibles, les simples pour pétrifier les diables et les psaumes pour affronter toutes les menaces. « Le Seigneur est mon berger, s'il est avec moi, qui sera contre moi ? » Et Dieudonné ne lâchait jamais des yeux son grand-père Orvil quand il tournait, broyait, malaxait et amalgamait des herbes étranges, des écorces rares et des débris obscurs, jusqu'à les réduire en un onguent lisse et clair ou en une potion épaisse et grasse. Ni quand il préparait les *bains de chance** avec des fleurs, des fruits, des épices et de l'eau Florida, pour des promesses qui faisaient briller les yeux des visiteurs. Dieudonné tissa des liens dans le partage de tout avec tous. Partage toujours inégal, comme les doigts, mais qui faisait que nous tenions ensemble comme une seule main. Comme nous, il partagea jusqu'à ses rêves au réveil et écouta chacun y aller de son interprétation.

À mesure qu'il affrontait le monde, tous, pères, mères, oncles et tantes du *lakou*, nous lui apprenions à maîtriser l'art d'être invisible. Pauvre, *maléré*, et par-dessus tout invisible. Invisible aux dangers qui guettent, à toute prise des plus puissants et de tous ceux qui ne sont pas du *lakou*. « On doit croire, Dieudonné, que tu n'existes pas. Tu dois te faire plus petit que tu ne l'es déjà. Invisible comme une lampe dans l'incendie de l'enfer. »

Nou se lafimin o
N ap pasé nan mitan yo n alé
Nous sommes comme la fumée
Nous passerons au milieu d'eux sans qu'ils nous voient

Dans l'indolence des journées claires, Dieudonné nageait loin, très loin, avec Oxéna, les autres cousins et Osias, un ami qui venait de Ti Pistache. Ils nageaient parfois jusqu'au large. Avec pour unique bouée un tronc d'arbre ou un grand seau en plastique. Ils ne revenaient que quand les silhouettes sur la plage étaient devenues aussi minuscules que des mouches, leur rappelant que des voiliers étaient partis que l'on n'avait jamais revus. Et tous nageaient alors lentement pour rejoindre le rivage, en pensant à la fessée qui les attendait et aux remontrances – « Vagabonds, *sans aveu* » – qui pleuvraient en même temps que les coups de *rigoise** . Mais les souffrances étaient bien plus éphémères que l'envoûtement de la mer. Jamais Dieudonné n'avait regretté de l'aimer autant.

Souvent il pêchait des têtards ou des anguilles dans la vase et s'amusait à observer les flamants roses dans les marais. Les filles avançaient avec lui et les autres garçons du hameau jusque dans les fourrés et les aidaient à préparer des pièges à oiseaux pour les tourterelles et les ortolans.

Le reste du temps, Dieudonné courait après un gros noyau d'avocat ou de mangue, ou une miraculeuse boîte de conserve entourée de bouts de tissu, en guise de balle. Puis, plus tard, il donna des coups de pied dans un vrai ballon, sur le terrain de foot aménagé derrière la chapelle Saint-Antoine-de-Padoue par le père Bonin, juste à côté de l'école que Dieudonné n'avait fréquentée que trois années. « Un enfant à l'école, avait clamé Ermancia au père Bonin, ce sont deux bras en moins à la maison et dans les *jardins*, et deux bras en moins pour la pêche. »

Du plus loin qu'il se souvînt, Dieudonné avait toujours entendu les quelques inconnus qui se hasardaient jusqu'à Roseaux demander à voir Fénelon avec ces mêmes mots : « Le chef est-il là ? », et lui laisser un sac de riz, deux poules, une pintade ou des légumes. En sa présence, ils y allaient du même « Oui, *chef mwouin*, oui, mon chef », même après avoir attendu deux heures sous un soleil à leur brûler le crâne, une mouche posée sur la salive de la faim aux commissures de leurs lèvres. Dieudonné reliait la puissance de Fénelon à celle du *danti* d'un *lakou*, comme son grand-père Orvil, ou à celle d'un chef encore plus fort que tous les chefs et qui portait un chapeau noir et des lunettes épaisses.

Grâce aux largesses de Fénelon, Ermancia dressa son premier établi – une table taillée par Nélius dans un bois grossier – à l'entrée du *lakou*. Construisit à Anse Bleue la première case en dur. À l'établi, elle remplissait de sucre des petits sachets bruns, vendait des tablettes au *roroli**, des gingembrettes, du *rapadou**, des *kasavs* et, en saison, des avocats ou des mangues. Quand elle reçut les premières bouteilles de *kola* de Fénelon, elle consacra une boîte de conserve à l'argent destiné à régler chaque fournisseur.

Nous mangions mieux que beaucoup, et la peur des hommes et de leurs maléfices se tenait à distance. Nous apaisions celle des dieux par des offrandes. Plus nombreuses. Plus généreuses. Mais nous n'avons jamais posé de questions à Fénelon. Ni pourquoi ? Ni pour qui ? Ni comment ? Peut-être ne tenions-nous pas à savoir. La misère est une porte basse. Nous n'avions pas la force de l'enjamber. Alors nous avons courbé l'échine et fermé les yeux.

Dieudonné n'avait pas connu la première peau de Fénelon, celle qui le recouvrait avant l'uniforme bleu. Il était trop jeune. Il ignorait ses yeux d'antan, avant qu'ils ne soient durcis par la peur et le sang. Aussi, Dieudonné tirait un orgueil certain de la puissance de son oncle. Comme nous, il aimait que la misère relâchât son étreinte. Mais, contrairement à nous, Dieudonné n'avait aucun élément de comparaison et avait grandi sans confusion aucune. Dans cette connaissance unique qui, tout compte fait, était un gouffre d'ignorance.

22

Quand l'étranger arriva seul, un matin, Dieudonné, assis aux côtés de son grand-père, avait tout juste dix ans. Il riait en écoutant Orvil lui conter le temps d'avant, d'il y a longtemps, et ne devinait pas à son regard qu'il pensait à Léosthène et à Olmène. Pour la terre et la mer, Orvil s'en remettait à sa persévérance et à la bienveillance des dieux. Tout cela le préoccupait, comme le préoccupait la montée en puissance de son fils Fénelon. Orvil et Dieudonné réparaient un filet, et se retournèrent d'un seul mouvement quand une voix inconnue les salua dans un créole des villes : « Honneur ». Ils n'avaient pas entendu les pas de cet homme, venu non par l'avant de la case, mais du sentier longeant la côte. Un homme arrivé comme un rôdeur. Orvil répondit : « Respect », comme le veut l'usage, mais ne lui demanda pas s'il pouvait lui être utile.

Cela faisait trois jours que sa présence avait été signalée à Orvil, et à nous tous. Nous feignions de ne pas le savoir, de ne pas l'avoir vu, mais nous l'avions pourtant suivi à la trace, yeux inquiets, nez à l'affût, oreilles aux aguets. Nous nous interrogions au plus fort de nous-mêmes sur les raisons qui avaient pu pousser un tel homme à se retrouver là, dans un tel lieu. Chez nous. Se retrouver à ce point étranger sur ce chemin du bout du monde. Si Dieudonné regarda l'inconnu en chuchotant : « Qui est-ce ? » et en s'accrochant plus fort à son grand-père, rien qu'à le regarder nous savions, nous, que les dés plombés du hasard, comme au domino, avaient déjà tranché. Que nous allions devoir choisir entre le malheur de l'étranger et le nôtre.

Il faisait chaud. Très chaud. De cette chaleur lourde et poisseuse. Sans aucune traversée de vent. Aucune. Nous en avions l'habitude, quelquefois elle abolissait jusqu'aux couleurs. L'inconnu demanda de l'eau et, malgré la faim qui lui faisait des yeux exorbités, des joues creuses, la faim qui hurlait aux commissures de sa bouche, il n'osa pas réclamer à manger – sa retenue d'homme qui avait toujours mangé à sa faim l'en empêchait encore. Se contentant de regarder Orvil et de chasser les mouches qui venaient se poser sur ses lèvres sèches. Il n'était pas rasé, et ses éraflures et coupures au visage, sur les bras, racontaient sans qu'il le sût ses routes clandestines, ses peurs, le maquis. Sa face émaciée, pas lavée, disait ce que sa langue taisait : « Je n'ai pas mangé depuis deux ou trois jours. J'ai peur. » Nous, nous connaissions ce langage mieux que quiconque, mais ceux qui n'ont jamais eu faim ne peuvent pas le connaître. Nous avions cette longueur d'avance sur l'étranger. Qui ne soupçonnait pas à quel point il était étranger. Il le soupçonnait d'autant moins que la peur, n'en pouvant plus de faire corps avec lui, l'avait lâché un moment. La peur se permettait une pause.

Le temps pour Orvil de lui proposer un morceau de *kasav* et la moitié d'un avocat. L'étranger mangea avec un tel appétit qu'il en salivait et s'essuyait les lèvres du revers, tantôt de la manche droite, tantôt de la manche gauche, de sa chemise. Une chemise qui n'était pas propre. Pas pour un homme comme lui. Ses chaussures non plus. Trouées par endroits et qui laissaient voir des ongles de pieds noirs de crasse. Des chaussures en trop mauvais état pour un homme qui avait visiblement dû en porter des propres et des neuves depuis ses premiers jours, depuis ses premiers pas dans la vie. Il avait sans aucun doute marché longtemps avec la peur, la peur dans le ventre, la peur aux talons, la transpiration de la peur. Dieu, qu'il avait eu peur ! Et qu'il avait besoin d'être réconforté dans cette bourgade perdue au milieu de nulle part. Il ne réclamait pas le contact de nos mains ni la chaleur de nos bras. Il demandait à ces inconnus que nous étions pour lui d'être simplement là. À le regarder manger et puis boire, et puis manger à nouveau. Pour lui rappeler qu'il appartenait encore à la race des *chrétiens-vivants*. Il avait besoin de baisser la garde un moment. De ne pas avoir à soupçonner chaque geste, chaque regard, chaque sourire. Il avait besoin de cette pause pour oublier les cris du camarade attrapé à quelques mètres de lui. Sous ses yeux. Quelques semaines auparavant. Il n'avait rien pu faire. Alors oui, il avait besoin de ces présences pour faire taire sa propre peur. Dieu, qu'il avait peur !

L'observant du coin de l'œil tout en vaquant à nos occupations, nous nous posions tous la même question. Et Orvil, plus que nous tous, se la posait : qu'allait faire Fénelon de cette présence encombrante ? Yvnel, voulant toujours jouer au plus malin d'entre nous, alla même jusqu'à dire à Nélius, son père : « Heureusement pour lui que Fénelon n'est pas là. » Et s'arrêta net quand Ilménèse posa un doigt réprobateur sur sa bouche. Parce que la peur de l'étranger ne troublerait pas Fénelon. Elle lui ferait même du bien. Lui donnerait envie de jouer avec sa proie, comme les fauves, avant de la dévorer. Même que cette peur réchaufferait sa vanité de sous-fifre galonné.

Orvil versa à l'étranger un peu d'eau dans une gourde et lui donna quelques *kasavs* qu'il s'empressa de mettre dans une vieille sacoche suspendue à son épaule. Pas une seule question ne lui fut posée. Pas une. À le regarder nous avions tous compris qu'il retenait, enfermée en lui, une chose qu'il ne savait pas nous dire. Peut-être que lui-même croyait la connaître, mais en réalité elle lui échappait. Orvil lui indiqua le chemin le moins fréquenté par Dorcélien, Tertulien, Fénelon et tous les autres. Il lui recommanda d'être prudent, de ne pas suivre la route vers Ti Pistache et de marcher de préférence la nuit : « On ne sait jamais. » L'étranger le remercia. Il voulut dire quelque chose mais se retint. Contrairement à nous, il ne savait pas comment jouer avec la peur. C'était tout nouveau pour lui. L'étranger était un novice de la peur. Nous l'avons tous regardé partir en sachant que, sous peu, il serait mort.

Deux jours plus tard, Fénelon nous appela tous autour de la maison d'Orvil et d'Ermancia pour nous annoncer qu'un étranger, un *kamoken**, avait été tué, et que sa tête coupée avait été envoyée à Port-au-Prince dans un sac de jute à l'homme à chapeau noir et lunettes épaisses. Sous le commandement de Toufik Békri, Fénelon, Dorcélien, son adjoint et deux autres hommes avaient cerné l'étranger, puis l'avaient obligé à se mettre à quatre pattes. L'un d'eux lui avait alors tiré la tête en arrière, lui creusant le bas du dos, tandis que l'adjoint lui maintenait les bras en avant. Un autre avait ensuite saisi la machette et, d'un seul coup, séparé la tête de l'étranger de son corps. Le paysan qui accompagnait l'étranger au bout du chemin où il avait

142

été capturé avait subi le même sort. Lui qui n'avait fait que lui montrer la route. Lui que le hasard avait placé là en ce jour, en ce lieu, à cette heure. Nous avons écouté, médusés, effrayés, silencieux. Et puisque nous ne disions rien, Fénelon pensa que nous l'approuvions. Que nous lui donnions ce droit. Nous ne pouvions pas approuver quelque chose que nous ne comprenions pas, mais nous ne le lui avons pas dit. Et puis, il y avait cet étranger, venu d'on ne sait où chercher la mort dans nos *bayahondes*. Nous ne le comprenions pas non plus. Mais, tandis que Fénelon faisait le récit de la mort de ce prisonnier et du paysan, Ermancia, Cilianise et toutes les femmes d'Anse Bleue, sans même se parler, eurent une pensée pour ces deux mères qui n'avaient même pas pu s'agenouiller pour écouter la vie s'échapper de la gorge de leur fils en un ultime hoquet. Comme l'eau du goulot trop étroit d'une bouteille. Ces mères qui n'avaient pas pu les entourer jusqu'à avoir les mains rouges du sang de leur cœur.

Yvnel crut bon de rompre le silence en félicitant Fénelon pour son courage de vrai chef :

« Tu es vraiment fort, Fénelon ! »

Ce dernier ne manqua pas de bomber légèrement le torse et d'arranger plus ostensiblement son revolver sur sa hanche. Il saisit sa machette, la tourna au bout de son poignet, et répondit avec l'assurance de qui connaît son importance :

« Ou bien tu es chef, ou bien tu ne l'es pas. »

Des voix parmi nous renchérirent. Parce que, quand tu commences avec la lâcheté, tu ne sais pas où tu t'arrêteras.

Nous n'avons pas osé regarder Orvil, qui ne bronchait pas, ne prononça aucune parole. Fénelon, peut-être pour l'amadouer, lui tendit, comme un butin de guerre, une lettre pliée en quatre, trouvée dans l'une des pochettes de la sacoche de l'étranger. Orvil s'en empara d'un geste brusque, sans doute pour éviter que cet ultime souvenir de l'étranger ne fût souillé. Puis, s'approchant de Fénelon, il lui demanda de quitter Anse Bleue et d'aller s'installer dans la maison d'Olmène. Malgré son envie, Fénelon n'osa pas s'opposer à son père.

Ermancia, Ilménèse et les autres furent prises de convulsions et poussèrent un seul grand cri. Un cri de bête qu'on égorge. Elles répétaient inlassablement : « *Manman pitit*, la douleur d'une mère est incommensurable. » Cilianise tenait son dernier-né entre ses bras et balançait son torse d'avant en arrière en gémissant. Elle comprenait combien cet enfant serait désormais sa douceur, sa fatigue et sa désespérance. À regarder son fils Fénelon, Ermancia sentit dans l'air comme un orage qui s'avançait et la brûlerait. À son départ, elle hurla. Pour lui, pour les mères, pour elle.

Chez Olmène, Fénelon ouvrit une *gaguère* que tous fréquentaient par peur des représailles, et où Fénelon était le seul autorisé à parler haut et fort. Il acheta des *points** et des *lwas* qui n'étaient pas ceux du *lakou* des Lafleur, et se forgea une réputation de guérisseur. Il se commanda une enseigne sur laquelle on pouvait lire : *Fénelon Dorival, guérisseur de maladies naturelles et surnaturelles.*

Ermancia, un soir, vit en rêve Fénelon qui se débattait au milieu d'un immense paysage en flammes. Et aucun de nous, malgré nos efforts, ne pouvait le tirer de là.

Orvil se demanda, après la mort du paysan et de l'étranger, après les métamorphoses de Fénelon, s'il aurait la force nécessaire pour livrer les combats qui s'annonçaient. «Pas sûr, se répétait-il. Pas sûr.» Il pensait à Léosthène, à Olmène, et dit à Ermancia bien plus souvent qu'avant cet événement qu'il se sentait fatigué.

Orvil était le *danti* de l'*habitation*, le patriarche, le maître spirituel des lieux. Son malaise et sa confusion furent les nôtres. Et il devint encore plus impuissant contre la terre et la rocaille qui encombraient le pied des versants à mesure que nous les défrichions. Contre la montée en puissance des ouragans. Contre la sécheresse chaque fois plus dévastatrice qui lui succédait. Contre le désamour de nos *jardins* à mesure qu'on nous abandonnait. Contre la grande scierie de Toufik Békri qui accéléra l'abattage des arbres et détruisit les barrières naturelles. Contre la vente de nos terres qui rapetissaient, jusqu'à faire de nous des *chers maîtres* et *chères maîtresses*[*] de peaux de chagrin.

23

La mer brille. Chaque vague comme autant de petits miroirs doucement agités sous la lune. Mon père nous met en garde. Il prend la nuit très au sérieux. Mère aussi. Mais Abner les rassure.

La première fois que je brave la nuit, c'est avec mon frère Abner. Un soir de pleine lune. Nous allons jusqu'au flanc du morne Peletier. Une partie essouchée et déboisée. La lune, haute, éclaire jusqu'au fond du ravin. Sème des taches blanches, à croire que quelqu'un a lancé des pelletées de chaux. Abner sait déjà des choses qui font qu'il n'a plus peur de la nuit. Et je voudrais les connaître moi aussi.

La fascination de la lune, mon amour, rien que cela. Tu me plais. Je ne connais aucun autre visage auquel te comparer.

Je respire l'air de la nuit, en couches claires à cause de la lune. Je goûte la nuit sur mon visage. Certains mots n'auraient jamais dû sortir de ma nuit à moi. Celle tout à l'intérieur. Connue de moi seule.

Il a fallu forcer cet homme à me remarquer, forcer la porte de sa chair. Les sandales rouges. Les filles ont raison. On ne porte pas de telles sandales en plein jour, mais, moi, je le fais, malgré les regards sur mon passage. Je le fais à cause de Jimmy.

Il devait m'arriver quelque chose. J'attendais que surgisse un jour un événement qui me guérirait de mon désir de quitter Anse Bleue. Je le voulais, mais pas de cette façon-là. Non, pas de cette façon-là.

À peine quelques mots échangés, un doigt pointé dans ma direction, et les voilà qui se mettent eux aussi à hurler en s'approchant. L'inconnu a ramené avec lui un homme trapu, emmitouflé dans un cardigan rouge grenat, troué aux deux coudes. Un troisième homme les suit. Il a dû les tirer du lit. Chacun y va déjà, j'en suis certaine, de son savoir, de sa sagesse, de ses explications.

Une fois tout près de moi, l'homme au cardigan rouge a sorti une main potelée pour me toucher. Me voir gisant avec cette expression figée dans le sable ne lui suffisait pas. Il lui fallait me toucher. L'autre, un vrai colosse, semble avoir choisi d'assister à l'événement comme à un spectacle, s'assurant une place debout derrière les deux autres. Ils se sont penchés sur moi pour me regarder sous toutes mes coutures. Mais l'inconnu, n'y tenant plus, m'a retournée d'un violent coup de pied dans le dos. Ils ont reculé tous les trois, et l'homme trapu s'est à nouveau rapproché jusqu'à vouloir me renifler, en abaissant la tête tantôt à droite, tantôt à gauche. Puis il a soulevé le seul bras intact qui me reste et l'a laissé tomber dans la boue et les éclaboussures.

Des oiseaux survolent la mer, blanche d'écume. Je la regarde monter en gerbes laiteuses. Folles. Chaque vague épiée, surveillée. Je la regarde avant l'arrivée de la meute. Mon secret viendra se fracasser lui aussi. S'étendre là, sur le sable couleur d'huître. Contre mon ventre. Je le sens. Serai la seule à le connaître jusqu'à la fin des temps…

Les trois inconnus me tournent et me retournent. Dans un sens. Puis dans l'autre. Ils veulent m'examiner sous toutes mes coutures. Toutes. Pour bien se convaincre de ce qu'ils voient.

Leur petit jeu dure depuis quelques bonnes minutes. J'aurais préféré qu'ils me laissent seule une dernière fois. Seule avec mes pensées qui filent vers un lopin de terre où mon enfance sommeille.

Je vais rassembler mes pensées. Toutes mes pensées avant que le village entier ne me tombe dessus. Le trapu monte la garde pendant que les deux autres se dirigent à nouveau vers les cases, ils veulent ameuter tout le monde.

J'entends des cris au loin. Pour sûr que cette fois tout le village va se retrouver autour de moi. Pourvu qu'un ou deux chiens errants ne viennent pas eux aussi me renifler. Poser leur museau humide sur ma peau, ma chair.

La foule grossit. Je dois veiller à ne pas me disperser en cogitations inutiles. À rassembler mes dernières forces. Je dois veiller à tout écouter. À tout voir.

Abner, mon frère, est le plus fort d'entre nous. Le plus fort parmi les hommes. Le premier à avoir battu la campagne autour d'Anse Bleue dans la nuit naissante il y a trois jours. Le premier à avoir crié mon nom, les mains en porte voix, jusqu'à se déchirer les poumons.

C'est sa voix, la dernière, que j'ai entendue avant celle de l'inconnu sur la plage, qui a crié les noms de ces gens que je ne connais pas et qui s'approchent. S'approchent.

J'ai mal et je suis épuisée. L'aube dissout lentement de lourds nuages, sombres comme un deuil, qui noyaient le ciel depuis bientôt trois jours. Une très douce lumière voile enfin le monde. Reflets de nacre rosé, presqu'orange par endroits, qui effleurent ma peau lacérée, mes plaises ouvertes et m'atteignent jusqu'aux os.

Le village entier m'entourera bientôt. Tous emmitouflés dans leurs bonnets fripés, leurs cardigans délavés, leurs vêtements mis les uns au-dessus des autres pour ne pas avoir froid, leurs habits et leur haleine de nuit. Même qu'un homme est arrivé avec une seule chaussure. Trop pressé de voir cette apparition sortie du ventre de la mer. Juste à côté d'une femme âgée, la tête nue dans la fraîcheur du matin. La discussion s'anime à mesure que grossit la foule.

Quand quelqu'un demande si je ne devrais pas être rejetée à la mer avec de solides poids attachés aux pieds, une voix, vieille et chevrotante, dit : « Non ». Et tous se tournent dans sa direction. Elle a assez d'autorité pour être entendue. La même autorité qui lui fait s'opposer à la suggestion que je sois brûlée. Ni vu. Ni connu. « Vous voulez attirer encore plus de déveine ? Vous n'en avez pas votre lot déjà ? Vous voulez en rajouter ? Bande de mécréants, de sans aveu. »

24

Quelques semaines après la mort de l'étranger, père Bonin ferma les portes de son église et partit à Port-au-Prince pour un long mois. Il devait rencontrer ses supérieurs de l'épiscopat à la capitale. Nous le connaissions déjà assez pour savoir qu'il n'était pas non plus mécontent de nous punir en nous privant d'école, de dispensaire et de réconfort pendant un certain temps. À son retour, il nous fit attendre une bonne quinzaine de jours malgré tous nos « Bonjour, mon père ». En réponse à nos salutations, il laissait tomber une phrase bien sèche et bien courte : « Pas plus mal », passait son chemin ou vaquait à ses occupations. Et puis, à la veille de la fête de l'Assomption, à notre grande surprise à tous, il ouvrit les portes de l'église et du presbytère, et fit annoncer par Érilien que la messe serait chantée le lendemain. Debout au seuil de l'église, il attendit que la foule des fidèles fût assez compacte pour nous dire de sa voix légèrement éraillée : « Je ne vais tout de même pas punir les enfants innocents des cinq villages alentour parce que leurs parents sont à jamais perdus. » Après ces mots d'introduction, il nous regarda avec insistance, puis acheva son discours de bienvenue en ajoutant : « Mon devoir est de les sauver. »

Notre réconciliation fut chaleureuse. Nous lui avons offert un beau coq, du cresson, des *malangas* pour un bouillon, du maïs, du riz, des bananes et des haricots rouges. Père Bonin célébra une messe comme nous les aimions. Traversée de prières et de chants à *Maman Marie*, et d'un sermon hallucinant sur sa montée au ciel. De quoi nourrir longtemps nos songes et alimenter une semaine entière nos conversations, au cours desquelles Marie serait tantôt Dantò, tantôt Fréda, tantôt Lasirenn. Il le savait, mais avait décidé de nous laisser à nos simagrées, convaincu que Dieu finirait par y reconnaître les siens. Ces simagrées étaient somme toute nos croyances. Illégitimes certes, mais elles étaient les nôtres.

Un après-midi, père Bonin vint jusqu'à Anse Bleue nous parler des travaux qu'il comptait entreprendre pour agrandir l'école. Travaux pour lesquels il sollicitait notre concours. Il avait pris place aux côtés d'Orvil sur une chaise paillée, et réclama un café. Orvil le rassura sur l'aide que tous les hommes vaillants d'Anse Bleue lui apporteraient. Elle allait de soi. Mais, contre toute attente, Orvil lui demanda un service à son tour. Il avait baissé la voix, et père Bonin se pressa de boire le fond de sa tasse pour écouter ce que son vieil ami voulait lui dire :

« Père Bonin, tu vas me rendre un service.

– Orvil, tu sais que je suis ici pour aider les enfants de Dieu.

– Père Bonin, te souviens-tu du jeune homme qui est mort à l'entrée de Roseaux ? »

Père Bonin regarda Orvil. Il ne tenait pas à raviver sa colère contre Anse Bleue en remuant des cendres encore tièdes, et acquiesça juste de la tête. Orvil, sentant qu'il pouvait aller plus loin et faire confiance au père

Bonin, lui demanda de l'attendre. Il entra dans sa case et, en ressortant, lui tendit la lettre que Fénelon avait rapportée à Orvil comme un butin de guerre.

« Père Bonin, tu sais lire. Dis-nous ce que cet homme a écrit dans cette lettre. *Mwen vlé*, je veux savoir. »

Puis Orvil appela Ermancia, Yvnel, Cilianise, Ilménèse et tous les autres. Tous s'assirent en cercle autour du père Bonin.

Celui-ci demanda un verre de *trempé*, s'essuya le visage, puis déplia fébrilement les feuilles légèrement froissées. Dès les premières secondes de sa lecture, père Bonin se mit à frissonner. Nous sentions qu'il avait besoin de pleurer et qu'il luttait de toutes ses forces contre cette envie. Il nous traduisit la lettre en créole au fur et à mesure, et acheva sa lecture les lèvres tremblantes.

> *Chers parents,*
>
> *Je ne sais pas si cette lettre arrivera jusqu'à vous. Je ne sais pas si vous me reverrez un jour. Mais sachez que je n'ai jusque-là trahi aucun des rendez-vous avec mon destin. Aucun. Le sentier se fait chaque jour plus étroit, mais mon courage, loin de flancher, s'aiguise. Je vous remercie de m'avoir aidé à être l'homme que je suis aujourd'hui.*
>
> *Le pays est entré dans une longue saison de deuil. À la catastrophe politique qu'a représenté l'avènement de l'homme à chapeau noir et lunettes épaisses, sont venus s'ajouter les ravages de Flora, ouragan dévastateur s'il en est et qui nous a laissés exsangues. Je n'ai de cesse de penser à mes frères et sœurs que cette calamité a touchés : les paysans et les*

laissés-pour-compte des villes. Et, pour couronner le tout, voilà que notre vigilance doit aussi s'étendre au-delà de nos frontières, puisque les Yankees ont envahi la République dominicaine. J'admire profondément le courage des résistants de l'autre côté de l'île. Et nous devons, nous aussi, être prêts à affronter toute ingérence sur cette terre laissée en héritage par nos glorieux ancêtres. L'occupation du début du siècle était déjà une humiliation affligeante, un affront de trop. Et, comme le dit le proverbe de chez nous, «Jodi pa demen», nous devons nous préparer au pire pour tracer la voie d'un meilleur lumineux.

Vous comprendrez mieux un jour. Si la faucheuse me laisse un répit, je vous ferai moi-même les récits de mon long combat. Autrement, les camarades qui me survivront vous diront que, jusqu'au bout, j'aurai tenté de vivre à hauteur d'homme.

Je vous ai causé bien des inquiétudes par mon long silence de six mois, auquel s'est ajoutée la confusion de ma lettre postée de Bruxelles, et non de Strasbourg où je suis censé suivre des cours. Mais sachez que l'ardeur que j'ai toujours mise aux études, je l'emploie à vivre chaque seconde avec l'intime conviction que la bonté peut être de ce monde et que certains sont appelés à pétrir la pâte qui fera lever le pain de demain. Aucun sacrifice n'est trop grand pour un tel rêve. Ce rêve, je le partage avec d'autres hommes et d'autres femmes qui se battent dans la cordillère des Andes et aux quatre coins du monde. Je reviendrai aux études avec une foi

décuplée. Je vous le promets. Et vous me rever-
rez quelquefois, je l'espère, autour de la table
familiale. À confronter des idées avec toi, père,
ou à écouter mère jouer la sonate de Ludovic
Lamothe qu'elle aime tant, en dégustant son
délicieux flan à la vanille.

Je ne cours pas au-devant de la mort.
Rassurez-vous. Je ne suis pas un adepte du
malheur. Je pars tout simplement comme tant
d'autres, comme le Che dont vous avez certai-
nement entendu parler, à la recherche d'une
étoile qui n'est pas aux antipodes de la raison
mais qui est la raison même.

Je vous surprendrai certainement si je vous
dis que je vous ai croisés, ainsi que mes frères
et sœurs, cousins, cousines et amis, plusieurs
fois dans les rues de Port-au-Prince, mais que
je ne pouvais en aucun cas laisser mon amour
et mon affection pour vous me trahir. La tâche
m'a été facilitée parce que vous ne pouviez pas
me reconnaître. J'ai laissé pousser ma barbe et
je porte d'épaisses lunettes de myope. Je suis
encore quelque part dans ce pays que j'aime
profondément. Mais n'essayez surtout pas de
savoir où je me cache. Ce serait vous mettre
dans une situation de danger extrême.

Je ne suis pas seul. Il m'est arrivé de pas-
ser avec mes camarades des moments difficiles
mais jamais je ne flancherai.

Ces derniers temps, je vous l'avouerai, un
étau semble se resserrer. Depuis que deux de mes
camarades ont été appréhendés à Plaisance,
deux autres ruelle Chrétien à Port-au-Prince,
certains à Martissant, d'autres à Fermathe ou

au Cap-Haïtien. Frantz, arrêté à Martissant, est
mort fusillé une nuit dans la cour d'une prison
face à la mer. Et, avant de rendre l'âme, il a,
semble-t-il, eu le temps de dire « Maman » et de
lever les yeux vers la lune qui veillait sur cette
terre qu'il avait tant aimée.

Je vous aime tant moi aussi,
Michel

Père Bonin acheva la lecture et garda la tête baissée un long moment. Et, nous, nous avions envie de consoler père Bonin. Il releva la tête après quelques minutes, et nous parla de choses semblables qui avaient eu lieu chez lui près de trente ans auparavant, raconta comment son père avait été tué dans le maquis. Il fredonna le couplet d'une chanson qui fit à nouveau briller ses yeux :

Sortez de la paille les fusils, la mitraille, les grenades
Ohé, les tueurs, à la balle et au couteau, tuez vite
Ohé, saboteur, attention à ton fardeau : dynamite !
C'est nous qui brisons les barreaux
des prisons pour nos frères
La haine à nos trousses...

Son chant s'acheva dans un sanglot retenu :

Et la faim qui nous pousse, la misère

Malgré la tristesse de père Bonin, là devant nous, l'étranger nous laissa tout de même à notre étonnement. À notre incompréhension. À nos interrogations. Il parlait d'un pays que nous ignorions. De gens qui nous étaient lointains. De rêves que nous n'avions jamais caressés. Ermancia et Ilménèse, et toutes les femmes du *lakou*, pensèrent à sa mère. Nos interrogations enjambèrent la peine, le courage et les larmes, nous laissant face à un gouffre.

Décidément, cet inconnu ne soupçonnait pas à quel point il était étranger. Plus étranger que les Frétillon, plus étranger que Toufik Békri, plus étranger que le père Bonin qui avait bu dans nos gobelets en émail, mangé dans nos gamelles et fait bien d'autres choses encore que nous allions découvrir...

25

Dieudonné avait douze ans quand Orvil jugea qu'il était assez grand pour l'accompagner en haute mer. Là-bas, au large. Là où il faut avancer avec le dernier courage, celui qui reste lorsque la respiration elle-même, l'espace de quelques secondes, vous abandonne. Il allait lui apprendre, à son petit-fils, à tenir avec la force de la pensée. Et celle des Invisibles – Agwé le premier, Lasirenn son épouse, Damballa, et Aida Wèdo. Jamais il ne laissait la terre ferme sans les prévenir qu'il arrivait. Vulnérable, mais tenace et sans peur. Les *jardins* ne donnaient pas beaucoup, la mer non plus. Mais Orvil aimait les départs dans la nuit sur la frêle embarcation, après avoir minutieusement tout préparé, le harpon, les appâts, et vérifié les avirons, les nasses et les voiles. Il aimait aussi rappeler à son petit-fils : « La chance, tu dois l'espérer, mais compte d'abord sur toi-même. » Ils devançaient le jour et quittaient tous les deux le rivage sur une mer qui agitait encore ses petits miroirs sous l'effet de la lune. Ils n'apercevaient d'abord des autres voiliers que des mâts dévorés par les nuages, et ne les découvraient dans leur totalité qu'à mesure qu'ils s'éloignaient des côtes et que le soleil avalait à son tour les nuages. Chaque embarcation s'en allant vers sa chance ou sa perte, c'était selon. Au bout d'un moment,

Orvil embrassait la mer de ce regard qui apprit à Dieudonné le goût de la solitude. Dans ces moments-là, il observait les épaules puissantes de son grand-père, les muscles saillants du cou et sa peau brûlée, tannée par le soleil. Si noire qu'il en était invisible. Avec cet homme taciturne et têtu, il apprit à ne jamais lâcher une bonite, un sarde, un poisson nègre ou un thazard, même après des heures de lutte acharnée. À ne pas avoir peur du grand large tant qu'on pouvait lire la carte du ciel dans les nuages, le vent et les étoiles. Il entendit souvent Orvil, sur le chemin du retour, évoquer le temps où la mer était généreuse : « Je pêchais des poissons deux fois plus gros que toi. » Dieudonné préférait la pêche aux travaux dans les *jardins*, qu'il abandonnait volontiers à Ermancia, à Cilianise et ses enfants, à Nélius et les siens.

Dieudonné regrettait l'école. Surtout les jours où il voyait passer Osias, son complice de la mer, avec son uniforme et ses livres sous le bras. À regarder son ami, il lui semblait qu'à sa façon Osias ne restait pas en rade. Qu'il avait lui aussi embarqué vers un immense océan. Un horizon aussi infini que celui que lui avait ouvert son grand-père Orvil. Il se promit que ses enfants ne renonceraient pas à la mer, ne renonceraient pas aux *jardins*, mais qu'ils iraient à l'école. Il leur offrirait ce voyage qu'il n'avait jamais fait.

Et puis Dieudonné poussa sans que nous nous en apercevions. Des jambes longues, tout en muscles. Si longues que ses vêtements ne lui allaient plus. Fénelon lui avait cédé deux de ses anciennes chemises, et Ermancia lui commanda deux pantalons chez un tailleur de Roseaux. Sa voix s'éraillia et de légères touffes de poils recouvrirent ses aisselles et son pubis. Quand il transpirait, il dégageait une odeur d'homme, de fauve prêt à chasser. Ne voulant plus seulement tenir dur et fort entre ses deux mains cet oiseau tendre et doux au milieu de son ventre de garçon.

L'année de ses quinze ans, les récoltes brûlèrent. La rivière Mayonne se réduisit à un maigre filet d'eau. Toute la campagne alentour fut dévastée par une séche-resse inattendue. La faim taraudait les plus pauvres, ceux qui n'avaient ni parents ni connaissances dans tous ces pays de l'autre côté de l'eau, ni de proches ayant revêtu l'uniforme bleu. Ce fut donc sans surprise aucune que la détresse fit échouer dans le *lakou* une jeune nièce de Faustin, le père des enfants de Cilianise.

Louiséna, bien menue pour ses seize ans – on lui en aurait donné douze –, avait débarqué dans les bagages de Cilianise quand Faustin avait quitté Morne Sapotille, à quelques kilomètres au nord-ouest d'Anse Bleue, pour faire voile vers Miami, caché dans la cale d'un cargo. Louiséna posa une petite boîte en carton devant la case d'Ilménèse. Ermancia et toutes les femmes du *lakou* accueillirent Louiséna avec soulagement à l'idée que les plus vieilles d'entre elles allaient pouvoir repo-ser leurs vieux os. Quant aux plus jeunes, elles virent déjà avec enchantement leurs tâches s'alléger considé-rablement. Entre la préparation des repas, la lessive, le repassage et les injures, Louiséna ne s'arrêtait que pour s'écrouler sur les haillons qui lui servaient de couche juste à l'entrée de la case.

Louiséna avait un visage mutin, des cheveux en étoupe, deux grands yeux toujours prêts à s'étonner et que tous ces malheurs n'avaient ni atteints ni éteints. Un jour qu'elle se rendait à la rivière Mayonne pour laver le linge, Dieudonné la suivit. Et s'abrita derrière un arbuste plus loin pour la regarder disposer le linge au bord de l'eau, placer la *batouelle** à ses côtés et enduire de savon une pierre qui tenait juste dans sa paume. Elle s'assit et, sans perdre une minute, s'activa à cette corvée qui l'éloignait d'Anse Bleue et des remontrances de toutes ces femmes. Dieudonné lorgna plusieurs fois et fébrilement la faille qu'il devinait sous le tissu. Il surgit devant elle et, à son expression, Louiséna comprit. Elle ne baissa pas les yeux.

Aiguillonné par ce regard, Dieudonné lui demanda de voir : « Une fois. Rien qu'une fois ta *foufoune*. » Les mots de la ruse et du désir sortaient rugueux et doux de la bouche de Dieudonné. Aussi doux et rugueux que le chant qui dansait dans ses veines et le faisait enfler. Louiséna répondit par un sourire canaille et le traita de puceau, d'enfant, de *timoun* : « Je ne laisserai pas un *pisse-en-lit* comme toi gambader dans mon jardin. » Dieudonné ne supporta pas la provocation, s'enhardit, et l'entraîna derrière les *bayahondes* à l'est de la rivière Mayonne. Louiséna n'opposa aucune résistance. C'est elle qui lui saisit la nuque et l'attira contre lui. Quand, surpris et heureux, il entra dans sa tiédeur, il se délecta de ses ardeurs de pouliche, mais, très vite, fut pris de court par une jouissance qui leur arracha un feulement. Le tout premier pour Dieudonné.

Dieudonné prit goût à ce jeu de grands auquel il joua plusieurs fois de suite, jusqu'à ce qu'un jour Cilianise, soupçonnant le manège, décidât que Louiséna avait fait son temps à Anse Bleue et la renvoyât sans explication vers sa faim et son dénuement à Morne Sapotille.

Quand Dieudonné fut initié, il avait déjà une protection faite d'herbes frottées dans une incision au bras gauche. Il savait que les Invisibles, les *lwas*, sont plus grands que la vie, mais pas différents de la vie. Et que c'est parce qu'ils ont vécu leurs propres drames qu'ils sont si proches de nous. Qu'ils ont soif et faim, et même davantage que nous, et qu'il faut les nourrir. Qu'ils sont notre miroir pour le présent et l'étoile qui nous guide vers notre futur. Il franchit toutes les étapes, le *lavé tèt*, le *kouche* – l'isolement dans l'une des chambres du péristyle –, et le *kanzo**, jusqu'à la prise de l'*asson*. Et répondit avec soumission et ravissement au premier appel d'Agwé.

Dieudonné entendait parler des absents, Léosthène son oncle, Faustin, l'homme de Cilianise, et de la plus absente parmi les absents, Olmène, sa mère. Un jour, un homme revenu de Port-au-Prince nous avait dit avoir vu Léosthène au détour d'une rue tout près du Champ-de-Mars. Un autre avait affirmé lui avoir parlé dans le corridor d'une maison au Bas-Peu-de-Chose, et qu'il lui avait confié son projet de revenir, riche et généreux envers nous tous. C'était le temps où nous attendions encore un signe de Léosthène, mais Léosthène ne revenait pas.

Durant des années, Olmène, elle non plus, ne donna aucun signe de vie. Ermancia évoquait souvent son unique fille, et Dieudonné essaya de lui frayer une place au milieu des histoires de mort, de mer, de créatures étranges, d'ouragans, de *jardins* et de faim. Dieudonné rêvait quelquefois de cette inconnue qui avait laissé un grand trou vide entre l'éternité et lui. Un trou qui l'empêchait de s'adosser à quelque chose de tangible, de solide. Il rêvait souvent d'une dame grande et belle, vêtue de blanc, qui descendait d'une échelle pour venir lui parler. Et, toutes les fois qu'il s'apprêtait à la toucher, elle remontait l'échelle, agile comme un ange.

Un jour, un homme de Pointe Sable revenant de la République dominicaine nous apporta de l'argent dans une enveloppe, quelques provisions et une cassette, de la part de Mme Alfonso. Si Olmène n'avait pas glissé la cassette dans l'enveloppe, aucun d'entre nous n'aurait fait le lien entre elle et Mme Alfonso. Ermancia s'évanouit en écoutant, dans l'appareil de Fénelon, les premiers mots d'Olmène, qui nous parlait d'une voix toute pleine d'inconnu : « Maman, Dieudonné, *pitite mwen.* » À dater de ce jour, Dieudonné ne fut plus le même. Il attendit Mme Alfonso jour après jour. Nous aussi, mais moins que lui. Moins qu'Orvil et Ermancia.

26

Dans le camion cahotant sur la pierraille et loué rien que pour lui et ses bagages, Léosthène se sentit soudain envahi par la peur. Cette peur qui le rongeait à l'approche d'Anse Bleue, c'était celle, intime, qui fait virer la joie en un parfum acide et saisit sur le chemin du retour ceux partis il y a trop longtemps. Ermancia, Orvil, Olmène, Fénelon... Les reverrait-il ? Étaient-ils encore vivants ? Ce remords de les avoir abandonnés le taraudait depuis quinze ans. Quinze longues années. Au fond de son sac, il serra fort entre ses doigts la protection que lui avait fabriquée Orvil, et pensa aux dernières paroles d'Ermancia dans la nuit : «Reviens, mon fils, ne nous oublie pas... *Tanpri*, je t'en prie.»

Midi avait sonné depuis une demi-heure et la terre flambait sous les feux de juillet. Léosthène regardait tantôt la plaine, tantôt la mer. Elle renvoyait toute la lumière en longs faisceaux sur une terre-squelette. Il n'en croyait pas ses yeux : toute la campagne semblait avoir souffert d'une longue maladie dévastatrice. À croire qu'une main maudite avait pris soin de tout taillader, tout pilonner, tout saccager. «Jésus, Marie, Joseph, répéta-t-il. Jésus, Marie, Joseph...»

Le camion avalait péniblement les kilomètres, brin-guebalant sur la rocaille pointue. Léosthène avait quitté

165

Port-au-Prince à l'aube. Quand il atteignit le morne Lavandou, Anse Bleue se montra à lui dans sa totalité. Le chauffeur déchargea le camion et réquisitionna deux ânes pour la suite du voyage. Ils descendirent la pente avec la persévérance qu'on attendait d'eux. À peine s'étaient-il arrêtés aux portes d'Anse Bleue à l'ombre du calebassier qu'une petite foule s'agglutina autour d'eux.

Les plus jeunes n'avaient jamais vu Léosthène. Cilianise fut la première à le reconnaître et à ameuter son monde. Elle hurla le nom de Léosthène à Ermancia, qui se leva comme un automate et laissa tomber les *pois France* qu'elle écossait dans le creux de sa jupe. Ermancia poussa un long cri tiré du ventre. Elle accouchait. Elle mettait au monde son fils Léosthène une seconde fois. Et puis les cris fusèrent de partout. Les femmes relevèrent leurs jupes et coururent jusqu'à l'entrée du *lakou*. Les hommes avancèrent plus lentement, un sourire dubitatif sur les lèvres. Ermancia n'avança ni ne recula, elle s'évanouit à l'endroit même où elle s'était mise debout. Et nous avons dû la frotter avec de l'alcool pour lui faire reprendre ses esprits.

Quand Léosthène demanda des nouvelles d'Orvil, on lui dit qu'il était assis devant sa case. Qu'il marchait avec difficulté, appuyé sur son bâton, boitillait de la jambe gauche à cause du genou qui refusait d'obéir et de temps en temps regimbait, le clouant sur place. À l'approche de Léosthène, Orvil mit les mains en visière, cligna des yeux et, quand il reconnut son fils, ne bougea pas, laissant les larmes couler sur ses joues. Léosthène s'agenouilla à ses pieds et pleura chaudement lui aussi. Il attira son père tout contre lui et sentit, à l'ombre de la peau d'Orvil, la mort qui travaillait à faire saillir les os. À dévorer la chair. Jour après jour. Les uns après les autres. Son père était déjà léger comme un ange. Léosthène se dit qu'un jour prochain la mort mordrait Orvil pour de bon et s'accrocherait à lui jusqu'à ce qu'ils fassent ensemble un tas de poussière et d'os, laissant son âme rejoindre la Guinée. Mais, pour l'instant, la mort semblait sommeiller. Et l'avoir oublié. Elle ne s'était pas encore montrée. Orvil était vivant. L'idée lui plaisait par-dessus tout. L'idée de la vie par-dessus tout lui plaisait. Léosthène rit aux éclats.

Tous, hommes, femmes et enfants du *lakou*, entourèrent la case. Le grand arbre des Lafleur déployait ses branches, et Léosthène les touchait toutes, sentant même celle absente d'Olmène. Au-delà des *candélabres* et des piquets de clôture, les enfants de retour de l'école, les marchandes, tous s'arrêtaient un moment pour regarder cet homme habillé comme pour un mariage ou un baptême, avec des chaussures vernies et un chapeau de feutre marron. Les parents s'enhardirent et se mirent à rôder autour des valises, pour deviner ce qui s'y cachait.

Par prudence, Léosthène fit descendre ses bagages et ne les lâcha pas de l'œil. Quand par malheur il ouvrit une première boîte, tous, oncles, tantes, cousins et cousines, les yeux acérés comme des griffes, furent prêts à prendre, à recevoir, à tirer, à pousser : « Elle est belle cette chemise », « Ce savon, qu'il sent bon ! », « Je veux ce dentifrice », « Ce pantalon m'irait parfaitement. » Léosthène comprit très vite qu'il serait dépassé par les événements. Il installa sa valise et ses boîtes entourées de trois couches de papier collant et de ficelle chez Ermancia, et demanda à Dieudonné de monter la garde autour de ce que la tribu considérait comme un butin de guerre à partager.

On envoya Fanol et Ézéchiel, les fils de Cilianise, prévenir Fénelon, qui arriva juste à la tombée de la nuit.

Devant la case d'Orvil et d'Ermancia, chacun y alla de son histoire pour raconter ces quinze ans en quelques minutes. Les naissances, les morts et les départs. La terre vidée de son sang, de sa chair, montrant ses *zo genoux*, la mer avare, l'éradication des porcs, la mort des petits métiers, la maladie du café, celle des palmistes et des citronniers, les vêtements venus d'ailleurs, les robes de chambre élimées des femmes du Minnesota qui réchauffaient les vieux os dans les campagnes, les bottes usagées des cow-boys du Texas pour travailler dans les jardins, comme celles que portaient Yvnel et son jeune fils Oxéna, Fanol et Ézéchiel, les jeans, les tee-shirts et les baskets des cinquante États des USA. On évoqua à voix basse la mauvaise influence de Port-au-Prince, de la *paille**, celle qui fait baigner sans fin les yeux des adolescents des villes dans un faux paradis.

Léosthène voulut rencontrer tous ceux nés pendant son absence, comme pour rappeler combien la vie était têtue, et il eut la sensation que l'arbre avait encore des pousses généreuses.

Lorsqu'il demanda ce qu'il était advenu de père Bonin, on lui raconta son départ précipité d'Anse Bleue pour des raisons politiques, et notre surprise de découvrir à Roseaux un petit bâtard mulâtre au même visage grassouillet que père Bonin. Léosthène s'esclaffa en se tapant sur les cuisses :

« Non ? Père Bonin ! »

Et chacun voulut raconter la suite à sa façon. Finalement, Cilianise se mit debout, réclama le silence et précisa que le petit se nommait Pierre, mais que tout le monde le surnommait «Véniel», comme le péché. Les rires de Léosthène redoublèrent. Les nôtres aussi.

«Et pourquoi? demanda Léosthène.

– Parce que nous ne croyons pas que père Bonin mérite d'aller croupir en enfer pour avoir succombé aux charmes d'une négresse de Roseaux.»

Et puis jusqu'à fort tard, à la lueur des *lampes bobèches* et des *bougies baleines*[*], Léosthène laissa les heures heureuses le traverser et la soirée se prolonger ainsi, buvant l'eau fraîche des cruches, un *trempé* à l'anis ou un thé de mélisse dans des gobelets en émail.

Pour ne pas tuer les mythes, Léosthène évoqua une Port-au-Prince et une Floride de rêve et laissa ceux du cauchemar pour plus tard. Quand, loin de toutes ces oreilles, il pourrait parler à Fénelon et à Nélius. Seuls. D'homme à homme. Il évoqua les circonstances de son départ. Il avait rencontré Roselène, une jeune femme originaire du Môle et qui avait des parents à Miami. Il s'était mis en ménage avec elle et c'était elle qui lui avait facilité le voyage vers l'autre rive.

«Miami? avait répété en chœur toute l'assemblée. Tu veux dire que tu reviens de Miami?»

La famille de Roselène lui avait permis de trouver son premier travail au noir dans la cuisine d'un hôtel à Tampa. Puis ses papiers avaient assez vite été régularisés par le patron, qui avait fini par apprécier son ardeur au travail.

«Des hommes comme celui-ci, il t'arrive d'en rencontrer une fois dans ta vie. J'ai eu cette chance-là. J'ai vraiment eu de la chance…», insista-t-il, et il donna des détails sur ce Miami de rêve: les autoroutes, les réfrigérateurs, l'électricité, les immeubles bien plus hauts que trois palmistes mis l'un au-dessus de l'autre… «Et la nourriture en veux-tu en voilà!»

Il s'arrêta un moment et, à regarder tous ces yeux encore suspendus à ses lèvres, mesura l'effet de ses paroles. Il décida de terminer en force :

« Et je suis revenu dans un avion. »

« Dans un avion ! » Nous étions médusés. Ce fut donc un Léosthène satisfait qui cette fois s'arrêta net et de sa poche sortit un paquet de cigarettes Marlboro. Il en alluma une, avec la conscience que ce geste venait de marquer une nouvelle distance, puis raconta tout, les sièges avec un numéro, les hôtesses – *des femmes bien belles, bien poudrées* –, les espaces toujours trop étroits pour mettre les bagages au-dessus de sa tête ou devant ses pieds, à croire que ceux qui ont construit ces engins n'ont ni parents ni amis, les formulaires que tu ne peux pas remplir parce que tu ne sais ni lire ni écrire et qu'un voisin à qui tu n'as pas envie de donner ton adresse, ta date de naissance ou le numéro de ton passeport remplit à ta place.

« Tu es né coiffé », laissa tomber Yvnel, les yeux accrochés aux premières étoiles dans le ciel.

Tandis que les femmes regagnaient les cases dans la douce couverture de la nuit, les hommes s'attardèrent auprès de Léosthène. Et quand ils furent seuls, Léosthène raconta l'autre histoire, le cauchemar.

« Le départ vers Miami a été très dur. Très dur. J'ai payé un passeur. Le capitaine, cet homme à qui j'avais donné deux mille dollars, ne nous a rien dit lorsque nous sommes montés à bord. Se contentant d'indiquer la cale d'un mouvement de la main. Comme les autres, j'ai descendu l'échelle et plongé directement dans le noir. Quand il a vu que nous avions compris, il est parti vers l'arrière et a attendu les mécaniciens qui faisaient les dernières vérifications. La cale était pleine de sacs de sel et une eau sale stagnait au fond. Une fois tous les passagers en bas, le capitaine a refermé la chape, et nous nous sommes retrouvés dans les ténèbres profondes. Dans une tombe, croyez-moi. Ensuite nous avons entendu le moteur gémir et démarrer. Et puis, comme il y avait des femmes, le capitaine et deux de ses adjoints se sont soulagés avec elles tout au long de la traversée. Ils se contorsionnaient pour juste défaire leur ceinturon et baisser leur pantalon, et grognaient en s'enfonçant en elles. Après, ils remontaient, et on entendait la respiration haletante et rauque de la jeune femme, comme si elle venait d'échapper à une rafale de mitraillette et cherchait à reprendre son souffle. Au bout de quelques jours, la cale puait l'eau de mer croupie, le jute, la sueur, la semence, l'entrejambe. Nous urinions et déféquions dans l'eau entre les lattes. Et l'odeur onctueuse et chaude de nos excréments nous revenait lentement aux narines. »

Léosthène s'arrêta un moment, posa les mains à plat sur ses jambes : « Et puis tu as peur de mourir dans ce linceul quand le vent fait se cabrer et plonger le bateau. Que les vagues frappent violemment la proue et que le bateau se dresse presque à la verticale sur les flots comme pour gravir une montagne, avant de piquer du nez et de se précipiter à toute vitesse au fond du trou. Là, tu as franchement envie de reposer la tête, comme quand tu étais enfant, sur les paumes pleines d'étoiles et de rêves doux de ta mère et de pleurer à chaudes larmes, mais tu te retiens. Parce que tu es un homme. Alors tu appelles Agwé, Damballa, Ogou. Tu les appelles tous. Et puis il arrive un moment où tu parviens à un endroit qui est au-delà de la peur. Au-delà de la honte. Et tu te dis que, si tu es passé à travers ça, tu ne peux plus ni avoir peur, ni avoir honte. Jamais. Tu es courage, tu es persévérance. Une fois cette épreuve traversée, tu ressens une forme de pouvoir. À cause de cette connaissance des choses que d'autres n'ont pas et n'auront jamais. Oui, c'est bien cela, du pouvoir. »

Léosthène avait prononcé ces derniers mots comme s'il ne nous parlait pas mais voulait les ravaler tout de suite et les enfoncer en lui-même.

Léosthène interrompit son récit parce qu'il ne voulait pas faire remonter trop d'images, et conclut à voix haute : « Mais, au moins, je n'ai pas échoué sur une *beach* de Blancs à moitié nu avec ma photo dans le journal à côté d'hommes et de femmes effrayés. Ah ça, non ! »

Nous avons regardé Léosthène, pensifs. Fiers aussi. Léosthène avait prospéré ailleurs, à la force de son poignet, sans léser aucun d'entre nous. L'arbre ne saignait pas. Une branche avait grandi plus que les autres. C'est tout. Léosthène revenait, mais à sa place.

Tombant de fatigue, il voulut dormir dans la case réaménagée d'Orvil et d'Ermancia et non dans la maison d'Olmène, comme le lui avait proposé Fénelon. Léosthène voulait revenir à son enfance intacte. S'endormir dans une case enveloppée par le crissement des insectes comme une couverture. Respirer l'air de cette unique pièce où sommeillait son innocence. Il dormit d'un sommeil de plomb. Quand le lendemain la porte grinça et que le crochet tomba, il regarda au loin l'écume monter. Éclater en gerbes blanches. Fracassées. Puis, derrière lui, la montagne qui semblait toujours vouloir avancer pour nous engloutir.

27

Quelques jours plus tard, Léosthène retrouva en Baudelet une ville en déclin. Baudelet n'était plus ce qu'elle avait été. La main du malheur s'était aussi posée sur elle. Mais il évalua le chemin parcouru par lui, Léosthène Dorival, paysan, fils d'Orvil Clémestal et d'Ermancia Dorival, lorsqu'il paya comptant tous ses achats, en regimbant pour le principe mais sans marchander, l'œil fixé sur la caricature jaunie qui dominait encore le comptoir, juste à côté d'une photographie de l'homme à chapeau noir et lunettes épaisses. Mme Frétillon l'accueillit avec un large sourire. La nouvelle de son retour s'était répandue dès le lendemain de son arrivée comme une traînée de poudre. Un descendant des Lafleur avait pris l'avion. Ermancia, fière de son fils, s'était chargée de l'ébruiter et l'avait fait connaître d'abord Mme Frétillon.

Le déclin de Baudelet avait débuté quand, sur ordre de l'homme à chapeau noir et lunettes épaisses, on avait fermé son port. Par peur des assauts incessants de tous ceux qui lui en voulaient pour avoir perdu un fils, un père, une femme, des amis.

Ceux qui ne s'installaient pas à Port-au-Prince rejoignirent, aux quatre coins du monde, des oncles et tantes qui avaient déjà compris que leur salut ne se trouvait plus dans cette île.

Des milliers d'hommes et de femmes des villages, bourgs et lieux-dits des environs abandonnèrent des jardins accablés, des squelettes d'arbres calcinés et des rivières qui étaient devenues des veines exsangues pour venir s'agglutiner là et gonfler le ventre de la ville. La concurrence ayant baissé les bras et fui la province, les Frétillon s'engouffrèrent dans ce vide et trouvèrent dans l'exode des campagnes des clients qui firent d'eux des nouveaux riches. Aux achats de quelques *gourdes* de *mantègue*, de trois *gourdes* de savon ou de sucre et de deux aunes de tissu, les Frétillon additionnèrent les grandes combines semi-légales, illicites ou franchement criminelles qui leur permirent d'amasser une vraie fortune. Les conversations sur la véranda avaient perdu leur sel et leur piment. Mais cela importait peu à Mme Frétillon qui ne voulait pas d'histoires et aimait l'homme à chapeau noir et lunettes épaisses. Celui-ci ou n'importe quel autre, mais celui-ci plus que les autres parce qu'elle sentait qu'il en avait fait voir aux bourgeois qui jadis l'avaient regardée de haut, elle, l'Arabe, l'immigrée arrivée avec son baluchon sur le dos. Elle jubilait doublement en comptant chaque sou dans sa cagnotte le soir.

Léosthène jeta un rapide coup d'œil vers le poste de télévision installé juste en face de son comptoir avide. La toute première télévision de Baudelet. Le couple Frétillon avait provoqué une vraie émeute quand les passants, pour la plupart des paysans fraîchement arrivés de la campagne, découvrirent ébahis pour la première fois ce carré lumineux, grésillant et qui crachait des images. Au bout d'une heure, la foule avait tellement grossi que Mme Frétillon dut faire appel aux services de son commandant de frère, Toufik Békri, qui avait rapidement fait place nette à coups de *rigoise* pour les plus dociles et de crosse de fusil pour les plus récalcitrants, médusés par les images qui tressautaient dans le carré lumineux. Et, pour que les choses fussent plus claires qu'elles ne l'étaient déjà, Fatmé Békri Frétillon augmentait le volume toutes les fois qu'un orchestre, sourire aux lèvres et en cadence, jouait les chansons enflammées à la gloire de son chef : « Écrase-les, Duvalier, écrase-les. *Maché pran yo Divalyé, maché pran yo.* »

Fénelon s'empressa de présenter Léosthène à Toufik Békri, dans le bureau de ce dernier au quartier général des hommes en bleu. Un milicien somnolait, les mains posées sur un fusil passablement rouillé qui devait dater de l'occupation américaine quarante ans auparavant. Il sursauta à l'arrivée de Fénelon et de Léosthène et s'empressa de les annoncer au commandant. Toufik Békri, sans lever la tête de son journal, murmura entre ses dents : « Entrez, entrez. » Puis d'un geste brusque, il posa le journal sur la table branlante qui lui servait de bureau, mit ses lunettes noires et examina Léosthène de la tête aux pieds. Après quelques secondes d'observation, il lui demanda sur un ton d'interrogatoire de police s'il n'était pas un de ces renégats apatrides qui, une fois à l'étranger, disaient du mal de leur pays et de leur président. « Oh non, jamais, jamais ! » s'écria Fénelon. Léosthène ne répondit pas. Son silence ne plut pas beaucoup à Toufik, qui se tourna vers Fénelon : « Ton frère, le *diaspora*, il a oublié de parler créole ou quoi ? » Léosthène coupa court à la conversation en disant qu'il était fatigué et pressé. Toufik lui jeta un regard furieux et meurtrier. Il en émanait tout ce qui s'était accumulé au cour de ce bref échange et qui n'avait été dit ni par l'un ni par l'autre. Toufik reprit la lecture de son journal et fit une remarque qui ne laissait aucun doute sur ses pensées : « Tu as de la chance d'être le frère de Fénelon. »

Fénelon n'était pas content de Léosthène et le lui fit savoir une fois dehors : « Tu as perdu la tête ou quoi ? *Ou fou ?* Toi tu pars, moi je reste. » Pour toute réponse, Léosthène lui dit qu'il sentait dans l'air qu'il respirait dans les rues de la ville, autour du marché, que lui, Fénelon, et ses amis commençaient à être honnis. Il y avait là les germes d'une agitation, le ferment de soubresauts. Il avait de noirs pressentiments et entrevoyait de franches menaces. Fénelon ne le crut pas et lui répondit qu'il serait ravi de voir arriver le jour de son départ.

Sur le chemin du retour, Léosthène pensa à Bonal son grand-père, à l'aïeul *franginen*, à Olmène. Il se dit qu'il était en effet temps pour lui de repartir mais qu'avant de le faire, il honorerait tous les Esprits et les Morts du *lakou*.

Trois jours avant son départ, Léosthène se leva dans les éclats orange et roses du devant-jour. Dans le bruit azur et rauque de la mer au loin. La brume reposait encore entre les cases. Accroupi, il remplit une quinzaine de moitiés de noix de coco de coton qu'il imbiba d'huile de palma christi, et les alluma toutes. Ceux qui formaient encore les branches du bel arbre des Lafleur avaient fait le déplacement. Même Orvil, dont la nuque était raide, le buste voûté et dont les jambes ne pliaient plus. Lui, la plus belle branche encore vivante, honorait l'assemblée de sa présence.

Érilien, vieux et ratatiné, appelé pour la circonstance, bénit les offrandes. Cilianise, Ermancia et Léosthène saluèrent les quatre points cardinaux et remuèrent doucement les lèvres, les yeux fermés, une bougie à la main, pour invoquer les dieux protecteurs, les Disparus et tous les Invisibles de la famille. Les larmes ne tardèrent pas à couler sur nos joues. Et Léosthène eut du mal à articuler les derniers mots. Un léger vent frais lui entra par tous les pores, et sa chair et cette terre ne firent qu'un. Ce vent qui tourmentait les branches nous disait qu'elles avaient comme nous résisté à tout. Exposées à la poussière des saisons, à la corrosion du sel, au passage des ouragans, à la lente fermentation végétale, à la fureur des hommes, aux pluies torrentielles. Elles avaient résisté à tout.

Accompagné d'Ermancia, d'Ilménèse et de Cilianise, de Nélius et d'Yvnel, Léosthène, aux côtés de son père Orvil, salua tous les arbres où dormaient les Esprits de l'*habitation*, en plaçant à leur pied une moitié de noix de coco avec sa flamme dansant sur l'huile de palma christi. Le calebassier, l'oranger, le manguier, le bois d'orme, le sablier et l'amandier... Il les salua tous.

Dans la soirée, Léosthène s'assit dans la case face à Orvil, Ermancia et Dieudonné à ses côtés. Il ouvrit une enveloppe et en tira une liasse de billets qu'il posa dans les paumes de sa mère : « Tiens, voilà. Il faut faire autre chose puisque la terre ne donne plus autant, la mer non plus. Alors vous allez construire un four à pain. Le pain, les hommes en mangent tous les jours. » Ce four à pain fit de nous les nouveaux fossoyeurs des mornes et des terres alentour.

Le matin de son départ, Léosthène réunit toute la parenté et distribua le contenu de ses valises et de ses boîtes. Il fut dépouillé de tout. Encore un peu et nous lui aurions pris la chemise qu'il portait ce jour-là. Il laissa trois transistors, l'un à Ermancia et Dieudonné, le deuxième à Cilianise et à ses enfants et le troisième à Nélius et aux siens. Les radios communautaires diffusaient toutes sortes d'informations sur l'hygiène et la santé, l'agriculture et l'éducation, et faisaient passer des messages d'une commune à l'autre, d'un hameau à l'autre, rompant l'isolement des pauvres qui existait ici depuis le commencement des choses. Les transistors étaient des bombes à retardement qui distillaient les nouvelles à qui savait les comprendre. Les voix qui sortaient des radios de Port-au-Prince parlaient de l'île tout entière et de pays de l'autre côté des eaux. Et ces voix avaient des accents d'impatience, de liberté, de rage contenue et de feu qui couve.

Une fois installé dans le camion qui devait le ramener à Port-au-Prince, Léosthène se retourna une dernière fois et se dit que, peut-être, à l'avenir, les journées pour Ermancia et tous les autres n'auraient plus jamais le poids éreintant de la servitude. Du moins l'espérait-il.

Le jour était beau. Léosthène, revenu au regard neuf de l'enfance, tourna le dos un moment aux blessures de la terre, à ses cicatrices profondes, et contempla Anse Bleue baignée de lumière liquide, le ciel et l'eau rayonnant à perte de vue. Chaque vague qui s'affaissait écumante sur le sable allait mourir en un luisant filet d'eau. Les oiseaux frôlaient la crête des vagues, sortaient de la mer et prenaient leur vol sur le ciel essoré.

28

Le colosse a saisi son téléphone portable. Il répète chacune des paroles qu'il entend. L'homme à l'unique chaussure demande de ne pas ébruiter la nouvelle. Surtout pas. Sous peine d'attirer juge de paix, policiers et journalistes qui ne manqueront pas de fourrer le nez dans nos affaires : « Qui l'a vue le premier ? Qui la connaît ? Qui l'a touchée ? » Ils parlent tous ensemble. Fort. Ils ne s'entendent plus. Ne se comprennent plus. Pour la petite foule assemblée là, la question de mon destin reste entière jusqu'à ce qu'une femme surgie de je ne sais où, s'écrie, après deux « Jésus, Marie, Joseph », trois « Grâce la Miséricorde » : « Elle vient d'Anse Bleue. C'est la fille de… »

L'inconnue est allée chercher un drap. Pour me recouvrir. En s'approchant, elle n'a pas voulu me regarder. Elle a juste tendu le drap à l'homme au cardigan rouge et s'est retournée. L'homme saisit le drap. Il est fier de mener les opérations comme un chef. Il pose le drap sur le sable et demande à deux autres hommes de l'aider. Ils se sont mis à trois pour me soulever et me poser dessus. Nous voilà partis en direction d'Anse Bleue.

Je traîne dans mon sillage une vingtaine d'hommes et de femmes aussi agités que s'ils partaient en croisade comme les charismatiques ou les pentecôtistes. Il ne manque plus qu'un pasteur ou un prêtre pour entamer un chant œcuménique : « Dieu tout puissant, que Tu es grand ! »

À peine avons-nous quitté Pointe Sable qu'au loin je vois arriver, dans sa chemise marron avec des auréoles sous les aisselles que je connais si bien, Émile, le maître d'école. Il accélère le pas, poussé par la curiosité. Il arrête le cortège et tous se mettent à parler en même temps. Impatient, le maître demande à voir. S'avance et se penche. Son œil touche presque mon visage. La stupéfaction le glace. Il se signe trois fois puis se met à hurler, retourne sur ses pas et court en direction d'Anse Bleue. Je ne peux rien lui expliquer. Rien. Je ne peux plus. Je ne veux plus.

Je me souviendrai toujours de la première fois que maître Émile a parlé en long et en large de la Terre, qui était ronde. Une orange à la main, il m'a demandé comment je la voyais. Je lui ai répondu que l'orange était ronde mais que, derrière l'horizon, il y avait un grand trou dans lequel on tombait inexorablement. Il a baissé les bras en riant à se tordre. Puis il m'a demandé de bien regarder l'orange et a recommencé à la tourner, à la pencher d'un côté puis de l'autre pour nous expliquer à nouveau la rotation, la révolution, les équinoxes et les solstices. S'épuisant à nouveau dans ses explications laborieuses. Je l'ai écouté, balançant mes jambes sur le banc en bois, les coudes sur la table, le visage posé sur mes deux paumes, rassurée de n'avoir jamais senti la terre se pencher ou tourner. Imaginant Agwé, Labalenn* et Lasirenn*, tranquilles dans leurs îles sous les eaux. Alors l'instituteur, je l'ai cru et je ne l'ai pas cru. Comme je ne l'ai pas cru quand il a dit à Cocotte, Yveline et moi de rentrer car le vent allait se lever et qu'il fallait nous méfier des étrangers venus des villes. Je ne l'ai pas cru.

29

Ayant conclu qu'il avait eu sa part de joie et de peine, Orvil décida que le plus simple pour lui était de partir. C'est ce qu'il fit un matin de mai 1982, entre la petite et la grande saison des pluies. Il se sentait à présent insignifiant dans un monde face auquel il s'était toujours su impuissant. Impuissant mais un fils des dieux. Aveugle, mais confiant sur les eaux déchaînées, la tourmente et le grand ouragan de la vie. Son impuissance s'était transformée depuis quelques temps en lassitude. Il n'avait plus la force d'attendre ses deux enfants partis Dieu seul sait où. Il n'avait plus désormais la force d'appeler les dieux. De cela il était certain. Il voulait les rejoindre. Là où ils étaient. Être à leurs côtés. S'endormir à leurs pieds. Sentir leurs mains sur ses blessures. Retourner en Guinée. Dans le premier âge de la mer. Dans les lumières, celles du devant-jour qu'on voit, celles des orages de nuit qu'on ne voit pas, celles au cœur des arbres et des plantes, celle intacte du *bon ange*, la même, toujours, la seule.

Il était perclus de douleurs et ne pouvait plus s'adonner aux travaux dont rudesse et la répétition lui apportaient pourtant une forme de paix et le sentiment d'être encore planté dans ce sol ou de glisser au fil de l'eau. Il avançait à pas lents, têtu comme les ânes qui s'acquittent d'une tâche avec peine et précaution. Sa mâchoire tombait à cause des gencives déchaussées au fil des ans, et il n'avait plus que la peau et les os, comme si la mort voulait l'emporter léger comme un enfant, dépouillé comme un ange.

La veille du jour où il avait choisi de s'en aller, Orvil s'était endormi en toute sérénité et au réveil avait appelé Ermancia pour ce café qu'il buvait épais et sucré au *rapadou*. Il le sirotait assis sur le seuil de sa case, attendant les salutations de tous : « Comment a été la nuit ? *Figi a fré papa ?* Tu as l'air en pleine forme ? *Kouman kò a yé ?* » La ronde des salutations était à peine terminée qu'Orvil demanda à Ermancia, avec autorité et tendresse, de lui préparer un bain. Ermancia plaça au soleil la bassine en émail blanc cerclée de bleu et y fit macérer des feuilles d'orangers, de *ti baume* et de corossol. Emmitouflé dans un lainage tout élimé, Orvil attendit en sirotant les dernières gouttes de café qui lui emplissait la bouche d'une douceur tiède. Une fois l'eau du bain chaude à souhait, Ermancia l'aida à enlever ses vêtements, à s'asseoir dans la bassine et, vigoureusement, de la main droite, elle lui frotta avec du savon le dos, la poitrine, le ventre, puis plia la paume de la main gauche pour recueillir l'eau qu'elle versa sur la poitrine, le ventre et le dos d'Orvil en le rinçant lentement. Doucement. Avec une tendresse infinie. En entamant une chanson qu'il aimait. Et lui, de vingt ans son aîné, lui qui aurait pu être son père, eut envie de l'appeler maman. Comme le font les hommes d'ici quand ils s'abandonnent vraiment. C'était la seule façon pour lui de lui dire qu'il avait vécu quelque chose de bon, de doux, de fort à ses côtés. « Tu sais, je m'en vais aujourd'hui. *Mwen pralé.* » Et, quand elle lui répondit d'arrêter de dire des bêtises, elle lui disait en réalité que, même si l'une de ses femmes était venue jusqu'à la barrière un jour pour l'insulter, cela n'avait pas d'importance. Lui la remerciait sans le dire pour les deux fils qui n'étaient pas les siens et à qui Ermancia envoyait régulièrement du riz, des légumes et quelques sous comme s'ils étaient sortis de sa propre chair. Quand il répéta pour la troisième fois : « Je m'en vais, Sia. *Mwen pralé* », Ermancia lui dit que, franchement, il *déparlait* à cause de tous ces soucis, de la mer avare, de la terre abandonnée. À cause d'Olmène qui n'était jamais revenue. À cause de Léosthène si loin. À cause de Fénelon aussi. Mais que, même si la terre ne donnait plus autant et la mer non plus, ils s'en tiraient, Dieudonné et elle, avec le four à pain et le petit commerce de l'établi. Orvil ne répondit pas.

Après le bain, il partit en promenade pieds nus à pas lents et mesurés, avaler des paysages, son corps craquant sous le vent. Apaisé de n'avoir rien d'autre à faire dans ces instants que de contempler le monde et se laisser envahir par sa lumière. Il avait subi les brûlures du soleil sur le bleu dur de la mer, sa morsure intraitable dans les sentiers noueux de morne Lavandou et de morne Peletier. Il avait fait son temps. Il fredonna tout bas un chant enseigné par Bonal, son père, qui le tenait de son propre père, et qui remontait à Dieunor, l'aïeul *franginen*, qui disait qu'il fallait transmettre et s'alléger avant de partir. Mais transmettre à qui ?

Orvil interrompit sa marche difficile et se surprit à dire à haute voix : « J'ai fait mon devoir. J'ai conduit ce *lakou* d'une main ferme et juste. Je ne sais pas jusqu'où j'ai protégé chacun des *chrétiens-vivants* de ce *lakou* contre les nuits, les mauvais airs et les ombres en nous. Pourtant, quelqu'un doit continuer. Maintenir le sang. Tant que les *lwas* sont là, il y aura quelque chose à donner. À nous-mêmes, aux autres. Tout ce que je sais, je l'ai appris en nourrissant les uns et les autres, en donnant. Léosthène ne reviendra pas, Fénelon ne peut pas. Non, il ne peut pas et ne doit pas. Dieudonné, le moment venu, prendra la relève. C'est tout. Il est temps pour moi de partir… » Et Orvil poursuivit sa promenade. Il avait toujours accepté ce temps sur les sentiers. Jamais perdu. Soudain, sous la faiblesse du corps, une force imprévisible avait cheminé, délestant ses pas.

Au sortir de sa promenade, il adossa sa chaise à l'imposant *mapou* et se remit à chanter. Il ne répondit pas aux salutations d'usage des hommes revenus de la pêche. De ceux revenus des terres. Des femmes qui préparaient le repas. De celles qui s'en allaient laver le linge à la rivière. Nous nous sommes dit qu'Orvil commençait à perdre la raison. Sur le coup de trois heures, Ermancia poussa un hurlement en le découvrant la tête penchée sur le torse, les bras ballants, le chapeau par terre. Orvil n'était déjà qu'une loque molle, à peine tiède.

Cilianise assise dans le camion *Dieu très haut*, sur l'un des huit bancs occupés par cinquante-six *chrétiens-vivants* qui allaient faire route vers Baudelet, prêtait une oreille distraite à la radio communautaire. Le chauffeur hurlait, en glissant, entre trois cabris et six coqs attachés par les pieds, deux autres cabris au haut du véhicule, que le ciel portait son masque de nuages et qu'il fallait faire vite, *pressé, pressé*. L'équipage se mit en branle dans son tohu bohu familier. Et entre le bruit du moteur, les bavardages et les cris des animaux, la radio égrena sa longue liste de messages : « Roselène, qui habite à Périchon, *pas bliyé*, n'oublie pas, Macéna t'attend au Carrefour de Ti Pistache pour la commission », « André, Ismena a une forte fièvre et ne viendra pas

au marché aujourd'hui, mais demain, si Dieu veut»,
«Cilianise, qui habite Anse Bleue, rentre vite, *pa mizé*,
Orvil *malade grave*.» Cilianise eut du mal à faire tout
de suite le lien entre son nom, qui sortait de l'avant du
camion, et elle-même. Quand enfin elle comprit qu'il
s'agissait d'elle, elle poussa un cri strident et fut prise
de convulsions. Les cinquante-six passagers l'aidèrent
à porter son chagrin jusqu'à destination.

Avec Cilianise, Ermancia et Dieudonné, nous avons
aidé l'âme d'Orvil à partir entière. Nous l'avons aidée
à ne pas se disséminer partout. À ne laisser aucune
trace. Dans sa case, sur les arbres, dans les jardins ou
les rivières alentour. À s'en aller intacte vers sa vraie
mort. Nous avons fait tout ce qu'il fallait, pour qu'Orvil
s'y acheminât tranquille et serein. Un *hougan*, amené
par Érilien, aida Agwé, son *mèt tèt*, à se détacher de lui.
Ermancia lui coupa les ongles et les cheveux qu'elle
conserva dans deux fioles et lui confia des messages
pour les Invisibles : «Demande-les de t'indiquer où se
trouve Olmène, *tanpri*. Quand tu l'auras trouvée, dis-lui
en rêve que je l'aime. Que je ne l'ai jamais oubliée. Et
puis, toi, veille sur nous. Sur nos jardins. Sur nos bêtes.
Sur notre commerce. Sur nos embarcations. »

Ce fut le père André, celui qui avait succédé au père
Bonin, qui chanta les funérailles. L'homme à chapeau
noir et lunettes épaisses, voulant indigéniser le clergé,
nous avait envoyé le père André, qui quelquefois net-
toyait son arme juste devant le presbytère. Histoire de
nous rappeler qu'il nous avait à l'œil et soumettait à
d'autres prêtres plus puissants que lui – qui, eux, les
soumettaient à l'homme à chapeau noir et lunettes
épaisses – des rapports sur nos éventuelles indocilités.
C'était la seule chose qui lui importait. Jamais nous ne
lui avons donné l'occasion de faire de tels rapports. Ni

de tuer l'un d'entre nous. Pourquoi était-il entré dans les ordres ? Nous ne l'avons jamais su. Peut-être voulait-il juste manger à sa faim, sans souci du lendemain et être au-dessus de quelques créatures terrestres comme nous. Aucune de ces interrogations ne nous empêcha de lui sourire, de le gratifier des produits de nos *jardins* et de quelques volailles de nos poulaillers, et de l'observer sous cape.

Père André ne fut point surpris de nous croiser sur les chemins vers Anse Bleue, zigzaguant, retournant sur nos pas, allant d'un côté puis de l'autre avec le cercueil d'Orvil, pour le perdre en chemin. Pour lui enlever toute envie de revenir nous visiter avant d'avoir achevé son voyage. En zigzaguant, en retournant sur nos pas, en allant d'un côté puis de l'autre, nous avions gommé nos propres pas et nous étions aussi incapables qu'Orvil de revenir en arrière.

Ilménèse et Cilianise prirent la relève et cajolèrent les Invisibles, attendant leurs appels, leurs messages et leur enseignement. Dieudonné n'était pas encore prêt.

Avec la mort d'Orvil, tout Anse Bleue eut le sentiment que c'était un monde qui s'effaçait. Le vieux monde. Qu'Orvil nous laissait dans une confusion encore plus grande et un désordre rampant comme une couleuvre madelaine, se répandant comme une maladie contagieuse.

30

Dieudonné rencontra Philomène Florival une première fois à la sortie de Roseaux, un jour qu'il allait
vers les épaisses broussailles de Nan Pikan vendre à un
hougan, malgré l'interdiction des autorités sanitaires,
l'un des derniers porcelets indigènes d'Anse Bleue.
Dieudonné ne remarqua pas Philomène tout de suite,
mais quand elle fut sur le point de le croiser tout près du
marché aux bestiaux. Et, malgré sa démarche tranquille
et ses vêtements sages aux côtés de sa mère, Dieudonné
remarqua son corps de jeune pouliche. À l'observer du
coin de l'œil, il aurait parié sur ce qu'il avait de plus
cher qu'Erzuli Fréda en personne sommeillait dans les
yeux de Philomène. Elle somnolait mais elle était là,
sensuelle et capricieuse. Dieudonné en était certain.

Il la croisa une deuxième fois à la boutique des Frétillon à Baudelet. Elle choisissait dans des bocaux en
verre des boutons de toutes les couleurs pour les robes
que sa mère cousait du réveil au coucher en pédalant
sur une vieille machine Singer : « Une douzaine de
grands boutons jaunes, *tanpri*, deux douzaines de petits
boutons blancs, six boutons bleus, six boutons rouges,
mèsi. » Quand elle se retourna pour sortir de la boutique, Philomène sourit à Dieudonné et s'en alla comme
si elle ondulait dans la mélasse. Pourtant elle n'était pas

comme ces jeunes femmes qui, à Baudelet, portaient maintenant des *talons kikites* si hauts qu'elles pouvaient à peine marcher. Non, Philomène avait choisi de rester telle que le bon Dieu l'avait faite, ronde et juteuse comme une mangue. Elle ne se mettait ni poudre sur le visage ni vernis sur les ongles ni rouge sur les lèvres, et aucune de ces robes au-dessus du genou qui font des filles d'aujourd'hui de vraies *jeunesses*. Mais, sans même s'en apercevoir, elle avait, par le seul pouvoir de sa présence, fait entrer et sortir le soleil avec elle dans la boutique et laissé Dieudonné, éberlué, planté là comme un piquet de clôture.

La troisième fois, il aperçut Philomène un Vendredi saint, toute de blanc vêtue, un missel à la main, un foulard noué autour de la tête, alors qu'elle revenait, fatiguée d'avoir gravi les quatorze stations du Christ de Calvaire Miracle. Malgré ses vêtements amples, Dieudonné remarqua ses fesses et ses tétons à faire se dresser les anges les plus sages dans le voisinage de Dieu. Alors il fut persuadé que, sous ses airs de sainte, toujours aux côtés de sa mère, toujours à répondre : « Bonjour, oui », « Plaît-il », « À demain si Dieu veut », les yeux baissés, elle le narguait. Pas comme une *jeunesse*, oh non, mais comme une coquine, une *riseuse*. Oui, tout à fait, elle le narguait, lui Dieudonné Dorival. Il jura à Fanol et à Ézéchiel qu'il l'aurait et qu'elle serait sa femme. Ils lui assurèrent qu'il se trompait et qu'une telle fille était trop fine pour sa bouche de paysan.

Nous avons vu Dieudonné emprunter de l'argent à Fénelon, acheter un grand sac de riz qu'il vendit au détail à côté de l'établi d'Ermancia, couper des arbres sur des terres laissées à l'abandon pour en faire du charbon et, grâce aux bénéfices sur toutes ces ventes et aux dollars envoyés par Léosthène, ouvrir la première *borlette** entre Ti Pistache, Anse Bleue et Roseaux. Dieudonné passait désormais une bonne partie de la journée l'oreille collée au poste pour entendre les numéros sortants. Il avait fini par connaître sur le bout des doigts le *Tchala*, le grand livre d'interprétation des rêves, qui accole à chacun d'eux un numéro. Cette expertise fit sa réputation bien au-delà d'Anse Bleue. Il suffisait au client de raconter ce qu'il avait vu derrière ses paupières la nuit précédente : « Je courais, poursuivi par un bœuf à trois cornes, et je suis tombé en me cassant le petit orteil. » Dieudonné, sans l'ombre d'une hésitation, répondait « quatorze pour le bœuf à trois cornes, vingt-deux pour la chute et cinquante-trois pour l'orteil cassé ». Entre deux clients, il jouait aux dominos sur la table dressée à cet effet devant sa *borlette*. Là où le rejoignaient les hommes qui, fatigués de la terre et déçus de la mer, attendaient des enveloppes de Miami, des Bahamas, de la Guadeloupe ou de Turk and Caicos, et le grisant et merveilleux hasard des chiffres avant de s'endormir vers de nouveaux rêves.

Dieudonné amassa des économies tant et si bien qu'un matin, il arrêta Philomène sur la route de Ti Pistache et lui offrit trois menthes qu'elle accepta en riant. Et, à la tombée d'un après-midi sans lumière de septembre, il lui demanda la permission pour une petite effronterie. Alors elle le prit par la main jusqu'à une case isolée non loin de Ti Pistache. Elle le guida de l'autre main errante entre ses cuisses puissantes et potelées. Elle s'agrippa à sa nuque, à son dos et Dieudonné planta profond en elle, lui arrachant un long gémissement. Dieudonné ne savait pas d'où venait cette douce fureur de Philomène. Non, il ne savait pas. Mais il en profita comme un affamé ramasse des miettes sous une table. Toutes les miettes.

Dieudonné construisit à la vitesse d'un forcené une case juste à côté de celle de sa grand-mère et, une fois la porte et les fenêtres installées, Ermancia et Cilianise virent arriver une jeune femme qui en était déjà à son troisième mois de grossesse.

Dieudonné prendrait souvent Philomène, volontaire et silencieuse, dans un même vertige incandescent. En Philomène il trouvait plusieurs femmes, toutes les femmes, la douce, la courageuse et la sereine. Et Dieudonné les voulait toutes. Le contentement était alors partout dans la case. Partout. Et puis les enfants naquirent et les jours s'écoulèrent, semblables en apparence, l'ennui les rongeant de l'intérieur. Alors Philomène finit par passer le plus clair de ses jours à enfiler une aiguille, puis plus tard à pédaler sur la vieille machine Singer héritée de sa mère. La nuit, elle s'ouvrait docilement à la semence de Dieudonné. Semence qu'il distribuait aussi à quelques jeunes négresses, dans les villages à l'intérieur des terres. Philomène, la première d'entre ses femmes, n'éleva pas moins de deux garçons et deux filles. Son cadet mourut à la naissance et sa seconde fille d'une malaria mal soignée. Personne ne sut exactement la couleur et la forme de ceux que les autres ventres avaient laissés pousser.

Certaines femmes en voulurent à Philomène. D'autres souhaitèrent même sa mort. Sous la forme d'un accident ou d'une maladie. L'une, à qui Dieudonné avait fait deux enfants, l'avait agressée non loin du marché, vociférant des menaces contre celle qui lui avait enlevé le pain de la bouche. Dans un mouvement de rage, Philomène avait empoigné sa robe et tiré dessus avec une telle brutalité que le tissu s'était déchiré, exposant son cou et ses deux seins aux clameurs des femmes et des badauds.

Une autre, plus audacieuse que toutes les autres, s'avisa de venir jusqu'à Anse Bleue. Cilianise aida Philomène à venir à bout de l'intruse. Elle empoigna l'épaisse poche qu'était son ventre et avança comme un ouragan dans son corsage, dont la couleur et les motifs juraient avec sa jupe et ses cheveux qu'elle n'avait pas peignés. L'intruse prit ses jambes à son cou et la cause fut entendue à jamais.

Constatant qu'aucune injure, qu'aucun incident ni aucune maladie ne venaient à bout de Philomène, une autre femme, qui se disait puissante, voulut prêter main-forte au destin en aspergeant un des chemins régulièrement empruntés par Philomène, juste avant le passage de celle-ci, d'une poudre censée faire enfler ses jambes jusqu'à ce qu'elle mourût dans d'atroces souffrances. La *matelote* abandonna la lutte quand Philomène, debout sur des jambes longues comme des palmiers, se trouva à nouveau enceinte des œuvres de Dieudonné et mit au monde Éliphète et, onze mois plus tard, Cétoute Olmène Thérèse.

31

Quelqu'un m'a tuée. J'en suis certaine. C'est à cause de cette douleur qui persiste autour de mon cou. J'en suis certaine, je ne doute plus. Quelqu'un m'a tuée avant de s'échapper vers les bayahondes *au loin sur la colline. Je suis Cétoute Olmène Thérèse, la benjamine de Philomène Florival et Dieudonné Dorival.*

Olmène parce que Dieudonné, mon père, voulait que sa mère revive en moi. Il l'avait vue en songe trois jours avant ma naissance. On dit que j'ai ses yeux et son sourire. Dieudonné mon père voulait que je remplace la femme du rêve qui descendait le long escalier accroché aux nuages. J'ai toujours senti le manque de ce maillon dans la chaîne. Une faille entre moi et l'éternité. J'ai toujours senti que toute ma vie je m'étais tenue au bord d'un précipice. Que dans mon dos un vent lugubre et noir soufflait.

Thérèse parce que ma mère, Philomène, n'avait jamais oublié l'histoire de la vie de Thérèse d'Avila, folle de Dieu, qu'on lui avait lue au catéchisme. Elle ne me voulait pas folle, mais traversée des lueurs vives qu'elle avait éteintes en échouant à Anse Bleue.

Cétoute parce que ma mère Philomène voulait aussi par-dessus tout que je sois la toute dernière. Pour ne plus tenir la promesse des dix ou quinze enfants qui se niche tout au fond du ventre des femmes d'ici.

On m'appelle juste Cétoute. Celle que les gens ont pris l'habitude de ne pas voir. Trop tard venue. Dans un ventre fatigué, déjà promis à une stérilité certaine. Dans cet oubli, je m'étais fait une vie sauvage et farouche, confiant toute ma folie à la mer. C'était avant Jimmy. Avant l'école. Avant l'avion et l'incendie.

Et me voilà rejetée là, sur le sable. Livrée à la vigilance de tout un village. Quatre hommes me transportent sur ce drap blanc. Chacun en tient un bout. Et me voilà balancée au hasard de leurs pas, d'un côté puis de l'autre.

Tôt le matin, une fois son café bu, ma mère posait tranquillement ses pieds le long de la dentelle noire des algues, poussait un soupir puis s'asseyait, les jambes écartées comme une vache pleine, et attendait. Qu'attendait-elle ? Je ne le saurai jamais. Mais, comme elle, je me suis promis de garder les yeux bien ouverts. Pour surprendre ce que la mer cache sous sa robe de sel et d'eau. Ses mystères d'écume et les rêves moites et violets de Philomène ma mère. Et c'est en scrutant le ciel, en interrogeant l'océan, l'âme torturée par leur étrangeté, que j'ai appris à aimer les extravagances, les turbulences et la beauté du monde.

Avec Altagrâce, ma sœur, Éliphète, mon frère, a commencé très tôt ce goût de l'eau. Entre les travaux de la maison et ceux des champs, nous tentons de nager en imitant les mouvements précipités des chiens se débattant dans l'eau. Nous pétrissons le sable dans nos mains pour faire du pain gris, des cases de boue. Même quand nos doigts sont engourdis et que nous claquons des dents, nous réclamons encore ces images d'étincelles et de miroirs de la mer. Souvent nous nous étendons sur le sable, la mer nous lèche les pieds et nous rions avec des arcs-en-ciel dans les yeux et de grands oiseaux posés sur les mains. Le soir, nous nous endormons, le corps, le visage et les mains givrés de sel.

Abner n'a peur de rien. Un soir, il a décidé de me faire voir la nuit malgré les protestations de mon père et de ma mère qui le suppliaient de rentrer. Dehors, le crissement des insectes se déchaînait. J'ai aimé voir les coucouyes* voleter comme de petites étoiles. J'ai aimé la voluptueuse couverture de la nuit. Je suis dans la nuit comme dans la chair de Philomène. Et puis un jour, j'ai senti le froid de la lune sur mon ventre de fille comme un bain. Je ne l'ai jamais oublié.

Abner est bien plus grand que nous tous. Il est le seul à m'accompagner dans la nuit. À prendre avec moi ces bains de lune. À gouter la sauvage beauté, le violent mystère de la nuit.

32

Père Lucien était un natif des Cayes. Il remplaça le père André un matin de juillet. Père Lucien appartenait à la Petite Église, celle qui ne voulait plus recevoir d'ordres de la Grande Église ni du Palais. Arpentant avec foi et obstination toute la région, il rencontra les fidèles chez eux, dans leurs *jardins*, leur boutique ou leur *borlette*. Une manière pour lui d'étendre, dans les cinq villages à la ronde, les tentacules du parti des Démunis qui commençait à prendre forme. Et, démunis comme nous l'étions, nous formions une cible de choix.

Un samedi du mois de décembre, comme père Lucien s'apprêtait à recevoir des militants de Port-au-Prince en vue d'une importante réunion. Fanol et Ézéchiel étaient allés à leur rencontre, en empruntant des chemins à travers les champs pour éviter Roseaux, et surtout Fénelon. Nous l'avons su après coup, mais nous n'avons guère été surpris. Nous avions tous noté comment les yeux de Fanol et d'Ézéchiel brillaient, depuis quelques mois, de l'exaltation des enfants qui contemplent leurs rêves. Cette montée soudaine de fièvre n'avait pas non plus échappé à Cilianise, leur mère. Nous les observions et ils le savaient.

Une fois cette mission achevée, Fanol et Ézéchiel avaient déployé toutes leurs batteries pour convaincre

Dieudonné, Oxéna et Cilianise de les accompagner à une rencontre au presbytère. Yvnel, quant à lui, avait catégoriquement refusé.

« Qui veut nous voir ? demanda Dieudonné, sceptique.

– Oui, qui ? renchérit Yvnel.

– Des hommes et des femmes honnêtes. »

Dieudonné et Oxéna pouffèrent de rire.

« Vous avez déjà rencontré des politiciens honnêtes, vous ?

– Oui. Ceux-là.

– C'est ça, c'est ça. Pour nous donner du *clairin* et nous faire crier en nous déhanchant au son de la musique. « Le pays est à toi, *péyi a sé pou ou,* fais-en ce que tu veux ! *É yan é yan…* »

Mais leurs arguments avaient fini par faire fondre notre épaisse carapace de méfiance. Dieudonné, Oxéna et Cilianise avaient capitulé et accepté de se joindre à Fanol et Ézéchiel qui, à écouter père Lucien depuis bientôt trois ans, avaient appris à ne plus vouloir de cette vie qui était la nôtre, à nous qui sommes pauvres depuis le commencement du monde. Aidé de deux coopérants allemands, père Lucien avait construit deux fontaines entre Roseaux et Anse Bleue, agrandi l'école et le dispensaire, et aménagé un terrain de football. Nous tenions aux fontaines, à l'école et au dispensaire, nous tenions au terrain de football, et du même coup au père Lucien qui fut définitivement des nôtres. Nous avons donc convenu de garder le silence, afin que la nouvelle ne parvienne pas jusqu'aux oreilles de Fénelon ou de Toufik Békri.

Et puis, les sermons de père Lucien aidant, les radios de même, nous avions tous fini par en vouloir à l'homme à chapeau noir et lunettes épaisses. À ses

amis, à ses hommes en uniforme bleu, à ses complices,
à des gens que, somme toute, nous ne connaissions pas.
Dans une salle attenante au presbytère, père Lucien
salua tous ceux présents, d'autres religieux et reli-
gieuses de la Petite Église, des agronomes et des gens
avec des cahiers sous le bras, des magnétophones et des
lunettes qui en disaient long sur leur volonté de nous
connaître mieux que nous-mêmes. Rien de ce que nous
sommes ne devait leur échapper. Ils étaient attentifs et
se faisaient exagérément humbles. Alors nous avons
joué le jeu de ceux qui étaient observés et feignaient
de ne pas l'être. Père Lucien nous invita tous à nous
asseoir en cercle, et les nouveaux venus s'assirent
parmi nous. Dieudonné, Oxéna et Cilianise crurent à
un stratagème. Un de plus. Nous étions prêts à nous
prémunir contre ce nouvel assaut. À feindre de nous y
prêter pour mieux nous dérober. Faire semblant de les
écouter, mais n'entendre qu'une ritournelle lointaine. À
ce jeu, il n'y a pas plus fort que nous. Et père Lucien le
savait. Alors il prodigua des efforts inouïs pour parler
créole lentement avec un accent paysan, des inflexions
qui sont les nôtres. Il en rajouta. Tant et si bien qu'il
en devint à la fois crédible et affecté, brouillant notre
méfiance d'un grand nuage opaque.

Agglutinés les uns aux autres, nous avons bu une
bonne part des paroles des militants du parti des Démunis qui, avec leurs notes et leurs cahiers, leur grande
foi et leurs pieds nus dans des sandales poussiéreuses,
nous décrivaient, derrière leurs lunettes, un bonheur
d'une rare extravagance. Celui que les Mésidor ou les
Frétillon, ou tous ceux qui leur ressemblent, ne nous
avaient jamais laissé entrevoir. Ils se lancèrent dans des
critiques enflammées contre ceux qui avaient exter-
miné nos porcs pour nous en vendre d'autres fragiles

des princes blonds arrivés des États-Unis. x qui nous avait asphyxiés de taxes et de de toutes sortes. Ceux qui avaient tué tous ...étiers, qui ne nous laissaient aucun autre choix que de couper les arbres.

Les mots puissants, magiques, firent fondre notre épaisse carapace de doutes. Quand ils nous annoncèrent que des événements étaient en marche et que bientôt la douleur ne disparaîtrait pas seulement, mais ferait place au levain de l'espoir, nous y avons cru. Quelques secondes. Des semaines, voire des mois. Nous y avons cru. Allez savoir pourquoi, mais nous y avons cru. Surtout que, pendant des jours, des semaines et des mois, Fanol et Ézéchiel nous avaient répété, répété, qu'avec le parti des Démunis nous pouvions enfin choisir notre destin. Emportés comme eux sur une route dont nous croyions prévoir les virages et les détours, nous n'avons pourtant avancé qu'à reculons. Le tracé ne nous apparaîtrait qu'après. Une fois les dés jetés. Bien après.

Quelques semaines plus tard, sous le couvert d'une grande réunion publique de prières, il y eut un meeting en pleine place de Baudelet, à la barbe des militaires et des hommes en bleu. Et, cette fois, la description du bonheur à venir fut décuplée par un porte-voix. Les chants à Jésus, à Dieu, à Marie et à tous les saints résonnaient fort à nos oreilles et nous étions électrisés. Jamais Cilianise n'avait autant donné de la voix. La petite Altagrâce, la cadette de Dieudonné et de Philomène, non plus. Et les voix des prêtres, enhardies par l'enthousiasme grandissant de la foule, lançaient des promesses dans des rugissements de taureaux. Mme Frétillon nous regardait, atterrée, et fit venir son frère pour assister à cet événement inédit : le réveil des paysans. À son arrivée, Toufik Békri ne broncha pas, sachant que la

parade contre le parti des Démunis était déjà fin prête.
Et la rassura : «Attends un peu et tu verras !»

Ce même jour en effet, le parti des Riches avait décidé de tenir un meeting à une rue de là en vue de distribuer de la nourriture. Bon nombre d'entre nous ne résistèrent pas à l'attrait des sacs de *riz Miami*, de *farine France* et des grandes boîtes de lait en poudre. Les magasins de Baudelet ainsi que les maisons fermèrent rapidement leurs portes. De mémoire d'homme ou de femme, on n'avait jamais vu un tel déferlement sur la ville. Ceux qui nous regardaient, derrière les jalousies ou leurs rideaux tirés, le firent avec stupéfaction, comme s'ils nous voyaient pour la première fois. À cause des années de méfiance et de misère qui s'étaient incrustées sur nos visages. Et qui faisaient que nous scrutions le monde avec une curiosité aiguë. Et qui faisaient que nous le dévisagions quelquefois avec une méchanceté égale à notre faim. Ils ne nous reconnaissaient pas.

Les badauds, les marchands ambulants ou à l'étal, les portefaix, tous s'étaient joints à nous. Des femmes hurlèrent dans la bousculade en tentant d'attraper un sac de riz. Fanol et Ézéchiel s'en tirèrent avec un sac chacun, Cilianise une grande boîte de lait en poudre. Altagrâce et d'autres enfants furent piétinés alors qu'ils ouvraient les mains pour recueillir la farine qui sortait de sacs déchirés par la foule déchaînée. Tout devint frénésie. La distribution tourna à l'émeute. Des bagarres éclatèrent… La vague des affamés que nous étions déferla tout autour des camions. Et, bientôt, les femmes eurent leur foulard arraché et les hommes leur chemise déchirée, les cheveux saupoudrés de riz, le visage blanc de poudre de lait.

Dépassés par les événements, effrayés, les miliciens tirèrent à hauteur d'homme. Une. Deux. Trois rafales. Deux hommes et un enfant furent tués sur le coup par les projectiles. Des femmes s'évanouirent dans la bousculade qui suivit. Alors nous avons surgi sur la route nationale, pour la première fois sans que ce fût pour un *rara**. Sans *roi*. Sans *drapeaux**. *Sans majò jon**. Sans *vaccines** et sans tambours. Juste nous. Les mains nues. Les pieds nus. Les yeux terrifiants. Comme une horde d'outre-tombe. Les derniers *taps-taps** accélérèrent, leurs passagers agglutinés sur les banquettes. Nous avons avancé jusqu'à l'endroit où la nuit, comme une grande bouche, dévore la route. Nous avons pillé les boutiques et avons dévalisé les rares passants qui s'étaient attardés. Nous avons mis le feu et tout brûlé sur notre passage.

Et puis nous sommes rentrés chez nous tard dans la nuit, au milieu des ombres, pour écouter, l'oreille contre le transistor, les chroniqueurs de radio de Port-au-Prince crier que la terre n'avait pas son plein et sa suffisance, et que les dieux avaient encore soif. Et qu'à Baudelet il y avait eu des dérapages et des événements sanglants. Pour la première fois, on parla de nous à Port-au-Prince, comme bientôt d'une dizaine d'autres villes.

Alors, très vite, en une nuit, ce fut fait. Parce qu'il fallait bien que vole en éclats cette immobilité. Que soit ouverte d'un coup brutal la porte des attentes. De nouvelles forces s'étaient mêlées à la nuit et l'avaient convertie à la cause des Démunis et de ceux qui se voulaient innocents. Port-au-Prince, la grande ville, brûla dans un déferlement tranquille. Les flammes hautes, rouges, s'élevèrent en panache comme des fleurs s'épanouissent. Les machettes flamboyèrent. Les chants faiblirent et se muèrent en un brouhaha de syllabes. Le malheur semblait vouloir se briser contre les dents de la nuit. Et ceux qui l'avaient enfanté se heurtaient à leurs propres ombres. Nous les avons entendu hurler le nom de leur mère, tandis que les innocents leur fracassaient des bouteilles sur la tête, les poursuivaient, et qu'ils tombaient sous la fureur de coutelas au tranchant émoussé. Des corps furent brûlés vifs avec des pneus solidement attachés autour du cou, et des vieilles femmes accusées de sorcellerie, lynchées çà et là. La nuit avait été longue, trouée d'appels de conques de *lambi*[*] criblée de rafales sourdes. Et le tout avait inondé les poitrines comme un rhum chaud.

À Anse Bleue, nous nous sommes réveillés, ce matin de février 1986, dans le même miroitement des premiers rayons de soleil au-dessus de l'eau, le même éveil chantant des coqs, la même rudesse des jours ordinaires. Juste un peu plus attentifs à l'attente du bonheur promis. Mais nous n'espérions pas pour autant. Ermancia fit ce même rêve de flammes entourant son fils Fénelon. Dieudonné décida d'illuminer, de *liminin* pour les *lwas*.

33

Debout devant la boutique aux battants fermés des Frétillon, Fénelon ouvrit grand les yeux quand un ami lui annonça que la descendance de l'homme à chapeau noir et lunettes épaisses était partie dans la nuit. Fénelon avait laissé Roseaux tôt le matin et s'acheminait vers la grande caserne à Baudelet pour recevoir des instructions du chef de la milice, ne sachant pas que Toufik Békri avait traversé la frontière dans la nuit. Et que Tertulien Mésidor était déjà dans la clandestinité et que, déguisé en femme, il s'apprêtait à tout moment à suivre le même chemin dans la nuit. Aucun des deux ne l'avait prévenu. Aucun.

« Ce n'est pas vrai ! », avait crié Fénelon à cet ami qui discrètement lui avait annoncé la nouvelle pour qu'il se mît à couvert. « C'est impossible », avait renchéri un Fénelon incrédule, qui ne se doutait pas un seul instant que la foule l'avait déjà à l'œil.

Voici quelques semaines que la nouvelle de la débâcle faisait son chemin et était parvenue à Baudelet. Fénelon avait tout bonnement décidé de ne pas écouter les radios. De ne pas prêter l'oreille à cette propagande mensongère. À ces paroles subversives, irréalistes de surcroît. Même qu'il avait tabassé jusqu'au sang et mis sous les verrous deux tenanciers de *borlette* qui, sous prétexte d'écouter les numéros gagnants de la loterie, s'émoustillaient, là devant lui, au vu et au su de tout le monde, à entendre parler de chute, de débâcle. En se rappelant l'incident, Fénelon alla jusqu'à se murmurer à lui-même : « Exactement. Je les ai battus jusqu'au sang. Une leçon pour décourager tous ceux qui se mettraient en tête de faire comme eux. » Peut-être se parlait-il à lui-même pour couvrir la rumeur qui grossissait dans son dos. Autour de lui. Celle de la foule silencieuse qui, bientôt, lui fit cortège. Les hommes plus jeunes étaient déjà ivres des effluves magnétisés de ce matin d'orage. Les lèvres d'un jeune garagiste frémissaient. C'était un militant du parti des Démunis. Venu de Port-au-Prince, il n'avait jamais mangé à sa faim. Sa violence était coulée dans un métal sans mélange. Il était de ceux qui voulaient qu'on liquidât quelques milliers de sales têtes sur les places publiques. Et voilà qu'une sale tête se présentait devant lui. Une vraie sale tête. À ce moment précis, dans le parti des Démunis, on n'avait pas le temps de pardonner. Pardonner là, tout de suite, séance tenante, avec la haine chaude comme un cœur dans la main ? Non, ils ne pouvaient pas. Parce que la haine, elle, faisait du bien tout à l'intérieur. Elle consolait comme une foi en Dieu. On n'avait pas non plus le temps de juger. On tuait.

Quelqu'un dans la foule appelle Fénelon par son nom. Et, pour la première fois, ce nom qu'il a toujours connu prend une sonorité nouvelle. Ce nom envahit lentement sa poitrine, son corps tout entier, pénètre dans les profondeurs de sa vie et lui donne un poids qu'il ne connaissait pas jusque-là. Comme si toute sa vie tenait, subitement, dans cet instant et dans ces syllabes. La voix ajoute :

« Fénelon, tu vas mourir ! »

Un groupe d'hommes surgit du marché et lui barre le passage. La foule avait grossi en colère et en nombre parce que les prix avaient grimpé depuis quelque temps, parce que la sécheresse avait été rude. Parce que des enfants étaient morts de la fièvre dengue, faute de soins. Et que cela faisait des années que Fénelon leur avait planté la peur au ventre. Une colère immense qui attendait en chacun de ces hommes, chacune de ces femmes les a submergés. Ils voulaient extirper cette colère comme on arrache une dent malade.

Père Lucien, sentant grossir la bête dans chaque homme, chaque femme, jusqu'à faire de la foule une unique bête, s'interposa et cria : « Que celui qui n'a rien à se reprocher lui lance la première pierre ! » La première pierre est partie d'un étal sur le côté gauche et a atteint Fénelon en pleine poitrine. Un coup capable d'assommer un âne. Sous le choc, Fénelon a perdu l'équilibre. En tentant de se relever, un second coup l'a maintenu par terre. Les insultes pleuvaient de tous les côtés en même temps que les pierres. Dans la foule, il y en a même qui riaient. Un rire indécent, cruel, capable de faire reculer le soleil. Mais il était encore là, le soleil, et Fénelon ne pouvait plus tout à fait le voir à travers le sang qui collait à ses cils.

Fénelon est hagard. Il ne comprend pas. On le tire de tous les côtés. À droite. À gauche. En avant. En arrière. Sa chemise de gros bleu est déchirée. Deux boutons ont déjà sauté. Fénelon essuie le sang sur son visage, sa poitrine. Fénelon tremble. Il a peur. Quand il reçoit un second coup en plein visage, sa vue se brouille. Il sent que le compte à rebours a commencé. Il va à sa mort. La douleur est atroce. Le sang qui coule se mélange à la sueur et l'aveugle. Des gens arrivent de tous les côtés. Quelqu'un a frappé sur un tambour, alors un chant improvisé monte des poitrines et se mélange aux cris, aux chants des camionneurs, des portefaix, des paysannes à peine arrivées des jardins, des marchandes aux étals. Le sang donne envie de frapper encore plus fort. Des gens jouent des coudes pour être au premier rang. Et puis les coups tombent dru. Tout ce monde s'agglutine autour de Fénelon et tous voudraient être de cette grande fête et assener un coup. Il en reçoit un si fort qu'il croit que son crâne va éclater. Alors, rassemblant toutes ses dernières forces, Fénelon prit une décision étrange, celle de se relever et d'avancer. Le crâne entaillé et le sang coulant sur la nuque. Vers où ? Il ne le savait pas lui-même. Il avait depuis longtemps déjà renoncé à lancer une invocation qui lui permettrait de franchir indemne les sept cercles des armées redoutables et terribles. Ou d'appeler Toufik Békri à la rescousse. Non, il ne fuirait pas. Il marquerait un pas après l'autre, une façon de ne pas mourir à genoux, lui qui avait humilié tant et tant d'hommes et de femmes à des kilomètres à la ronde.

Une tache sombre se dessine à l'entrejambe de son pantalon. La foule rit, se bouche le nez et l'insulte de plus belle. Fénelon bafouille et parle comme un enfant. De la morve et du sang lui coulent du nez. On lui dit qu'il n'a encore rien vu.

Et puis quelqu'un arrive avec une corde. On le ligote comme les porcs que l'on suspend au haut des camions. Quand la machette sectionne l'épaule droite, plus moyen d'avancer. Fénelon tombe et dans sa chute heurte les pieds d'un jeune paysan qui, d'un coup de botte, lui enfonce l'omoplate. Sa vue se brouille complètement. Fénelon a juste eu le temps de voir scintiller la lame de la machette qui fait sauter son pied. Sa chair, ses os, son crâne et son cœur ne forment plus qu'un tas sanglant dans la boue. La terre elle-même semble s'abreuver de son sang.

« Qu'on l'achève. »

Alors trois hommes courent chercher un pneu. Le mécanicien se saisit d'un bloc de ciment qu'il laisse tomber négligemment sur le crâne de Fénelon.

La foule s'est resserrée autour du cadavre et, à défaut de pouvoir terminer le saccage, elle insulte Fénelon. Le mécanicien fait glisser un pneu usagé autour de son corps. L'odeur de l'essence monte et bientôt celle du corps et du pneu qui brûlent.

La nouvelle parvint à Ermancia quelques heures plus tard. Ermancia s'écroula des jours durant pour pleurer ce fils, s'abandonnant comme une noyée dans une eau gorgée du sel de ses larmes. Se laissant ronger par la vermine des souvenirs doux et terrifiants de ce fils. Oui terrifiants. Qui se mélangeaient, se mélangeaient sans fin… Elle s'immobilisait des heures, comme pour ressembler au cadavre du fils aimé envers et contre tout et tous. De cet amour aveugle et injuste des mères. Pourquoi Fénelon, se répétait-elle ? Pourquoi lui et pas Toufik et pas Tertulien ? Pourquoi mon fils ? Et seulement mon fils ? La mort de Dorcélien, quelques jours plus tard, brûlé vif avec son collier de pneu solidement attaché au cou, renforça son amertume et sa rage contre le monde tel qu'il était.

Ermancia se serait effacée, comme un dessin que l'on gomme, si Dieudonné ne lui avait pas donné quatre petits-enfants : deux fils et deux filles. Elle mourut soulagée quelques années après la naissance de Cétoute, la toute dernière. Cétoute ressemblait à Olmène comme deux gouttes d'eau. La ressemblance ne remplaça pas l'absence d'Olmène ou la mort de Fénelon. La ressemblance la consola.

34

Souvent, pour oublier qu'à Anse Bleue, la vie a deux ancres aux pieds, je venais sur la grève regarder les vagues se faire et se défaire, respirer par tous les pores et m'imprégner d'iode et de varech, de ces senteurs âcres de la mer qui laissent à l'âme comme une étrange morsure.

Même quand la mer devenait cette plaque luisante, étale, à perte horizon, je désertais les terres brûlées pour la regarder jusqu'à cligner des yeux, jusqu'à en être aveuglée.

Même quand le nordé grondait des jours et des nuits d'affilée, j'écoutais à en être toute retournée, sa voix qui fracasse les rochers, je goûtais encore et encore son haleine salée sur mon visage.

Et puis une année, octobre toucha à sa fin, mon enfance avec. Je le sus aussi quand une plaie, inconnue de moi jusque-là, saigna dans l'après-midi d'une veille d'ouragan. Je me suis sentie toute drôle. J'avais chaud. J'avais froid. À la vue du sang coulant le long de mes cuisses, je me suis penchée pour voir d'où fusait cette blessure. À dater de ce jour, mes rêves de mer se troublèrent du bruit lointain de talons aiguille, bien belle, bien poudrée, comme les femmes à la télévision du directeur de l'école, maître Émile. Je sais *désormais comment sont faits les garçons. Je connais aussi la chose proéminente plantée au beau milieu de leur corps. Je sais que j'ai un corps à leur mesure...*

J'aime la mer, son mystère. À tant examiner la mer, j'ai toujours cru que je finirais un jour par faire surgir au-dessus de l'écume toute la cohorte de ceux et celles qui dorment au creux de son ventre sur des lits d'algues et de coraux. Ceux et celles dans les chemins d'eau, leur route océane vers la lointaine Guinée avec Agwé, Simbi et Lasirenn qui les escortent.

Mon père disait que toutes les voix des Ancêtres et des Morts, même de ceux venus dans les cales des navires il y a longtemps, soufflent encore dans la végétation marine, remontent parfois jusqu'à la surface des eaux comme des rumeurs mêlées à la nuit. Dans les cales, on ne distinguait pas le jour de la nuit. Aucun des nôtres ne savait si le navire se dirigeait vers l'horizon ou s'apprêtait à s'enfoncer dans les profondeurs de l'eau. Nous ne nous pincions plus le nez à cause des vomissures et n'évitions même plus les défécations. Un cri, une chanson, des larmes, venaient trouer le murmure ininterrompu de centaines d'hommes, épaule contre épaule.

Mon père disait que des marins, ne sachant pas bien faire la part du rêve et celle de l'épuisement, perdaient l'esprit. Il racontait souvent que des embarcations mettaient le cap sur la mort en croyant le mettre sur l'horizon. Point ballotté dans le déchaînement des vagues, brûlé par le sel, ébloui de soleil jusqu'au vertige. Les hommes voyaient passer une meute dans le ciel et croyaient entendre dans leurs cris les voix de Lasirenn, d'Agwé et de Labalenn. Alors ils allaient mourir avec le soleil dans l'autre moitié du ciel.

À force d'interroger Mère et Cilianise, elles crurent dur comme fer que je pouvais voir ce que les autres ne voyaient pas. Que j'avais le don des yeux. Alors que je ne cherchais que le visage d'Olmène, ma grand-mère, pour combler le vide entre moi et l'espace noir du monde. Et j'ai cru à son apparition, et j'y crois encore. Comme je crois au mystère de l'Immaculée Conception de Mère, aux sept visages d'Ogou de tante Cilianise ou au fait que tout corps plongé dans l'eau subit une poussée de bas en haut... À l'école, maître Émile a mis trois longs jours à nous l'expliquer. Je crois à tout cela et à bien d'autres choses encore.

Dieudonné a voulu qu'Abner, Éliphète, Altagrâce et moi allions à la petite école de Roseaux et, plus tard, à la grande école de Baudelet. Lui n'avait pas eu cette chance-là. Moi, la dernière, j'ai bien profité de leur avancée et suis restée plus longtemps qu'eux tous à la grande école. Mais Abner demeure malgré tout le plus grand d'entre nous. Je me souviens qu'un jour, il est même revenu de cours du soir donnés par des gens bienveillants dont il ne nous a pas dit le nom. Deux mois plus tard, il proposait à Dieudonné notre père de l'inscrire à un cours d'alphabétisation.

Un après-midi, mon père est rentré avec un crayon, un livre, un cahier sous le bras, et a appelé Altagrâce d'autorité. Des mois durant on a entendu Altagrâce qui le faisait répéter devant la case : « M-A-N, MAN, G-O, GO, MANGO ». Malgré le rire des enfants qui, les premiers jours, formaient une ronde joyeuse et curieuse autour de la case en reprenant en chœur l'alphabet avec lui, Abner a aidé notre père à tenir bon. Et mon père a ainsi appris à déchiffrer la belle nuit des mots. Je l'ai même surpris une ou deux fois à vouloir aller plus vite que la lumière, et inventer, comme les enfants devant des *mots nouveaux. Il m'a paru si fragile qu'une nuit, dans mon amour pour lui, j'en ai pleuré. Mais j'étais déjà sur l'autre rive. J'étais en terre étrangère.*

Abner est debout dans sa tête. Son intelligence, Abner l'exerce à dire au plus vite, avant nous tous, ce qu'il faut faire. En toutes circonstances. Peut-être qu'il ne formule même plus les réponses dans sa tête. Elles sont là, dans son sang, en attente.

35

Après toutes ces années de lutte, d'acharnement, de résistance, le parti des Démunis avait fini par avoir le vent en poupe. Tant et si bien que, le jour où le prophète, chef du parti, devait visiter Baudelet, nous nous sommes levés en pleine nuit et avons parcouru aux flambeaux le chemin, le cœur battant. Nous étions tenus par une curiosité toute nouvelle pour nous. Nous voulions pour une fois savoir.

Nous sommes arrivés parmi les premiers et nous sommes placés aux rangées proches de l'estrade. Si les plus empressés étaient des militants de la Petite Église, les plus nombreux furent les gueux, les désœuvrés, et surtout les jeunes, qui ne voulaient pour rien au monde rater cet événement. Nous avions la chair de poule, nos yeux brillaient, nos lèvres frémissaient. Les autres, ceux qui n'avaient pas été touchés par la grâce, se disaient qu'à défaut de pouvoir se vêtir, se chausser convenablement ou manger à leur faim, au moins ils pourraient se payer un spectacle exceptionnel, gratuit par-dessus le marché, et qui risquait, qui sait, d'offrir des surprises. La foule était fascinée et criait le nom du prophète, et nous avons crié avec elle de toute la force de nos poumons « *Profèt, papa, chef nou.* ». Cilianise avait collé une photo du prophète sur sa poitrine, comme ses deux fils Fanol et Ézéchiel. Oxéna et Dieudonné se contentaient de soulever les bras au ciel à chaque parole du prophète, qui mélangeait habilement le miel au *piment-bouc*, la lame tranchante du couteau au duvet le plus doux. Nous avalions goulûment les mots sortant de cette bouche qui, comme les nôtres, disait tout en ne disant pas. Qu'est-ce qu'il était fort, le prophète ! La parabole de la roche qui se la coulait douce dans l'eau et qui allait devoir connaître les douleurs et la souffrance de celle qui brûle au soleil termina la rencontre en apothéose.

Après le meeting, la foule se dispersa sans hâte. Quelques-uns comme Cilianise hurlaient leur joie seuls ou en groupe. Des jeunes improvisèrent un groupe musical avec tambours et *vaccines* et chacun se mit à danser comme au carnaval. D'autres avançaient en silence comme Oxéna. Certains, comme Dieudonné, tentaient avec difficulté de se dégriser un peu plus à chaque pas pour reprendre leurs esprits. Beaucoup, comme Fanol et Ézéchiel, ne voulaient pas se libérer de l'ensorcellement où les avait jetés le prophète. Tous nous avions du mal à retourner à la mesquinerie et à la monotonie de notre vie quotidienne. Quelque chose avait allégé notre regard. Brûlé notre sang.

Et nous voulions garder cette chose le plus long-temps possible. Et nous l'avons nourrie, malgré les morts et les blessés, jusqu'à installer le prophète au Palais National. Mais une fois au Palais national, le prophète s'était transformé en quelque chose qui ressemblait étrangement à l'homme à chapeau noir et lunettes épaisses. La légende qui voulait que le fauteuil soit maudit s'avérait juste. Il suffisait de s'asseoir dessus pour être monté par une divinité sans foi ni loi. Au fil des mois, la ressemblance devint encore plus frappante. Le masque ne cachait plus le visage de l'homme à chapeau noir et lunettes épaisses. Le prophète s'en alla et revint sous escorte américaine. Avec la deuxième occupation, la paix qui n'en était pas une se confondit avec une guerre qui n'arrivait pas à éclore. Nous n'avions plus de *dokos* où nous réfugier. Même les *dokos* dans nos têtes avaient reculé. Nous étions plus nus que notre ancêtre Bonal. Gran Bwa Îlé semblait impuissant à guider nos pas. Le désastre devint banal.

Comme beaucoup de ceux qui avaient fait fortune avec l'homme à chapeau noir et lunettes épaisses, Mme Frétillon devint intouchable et se fit une place de conseillère incontournable auprès du prophète. Allez comprendre ! La puissante Mme Frétillon multiplia à nouveau ses gains, tandis que son frère, Toufik Békri, assurait la sécurité secrète au Palais. Ils s'approchèrent de la grande table des festins et nous laissèrent avec nos rêves de galets qui se prélasseraient dans la fraîcheur de rivières courant dans des verts bosquets. Quand Mme Frétillon revint à Baudelet sous couvert de l'Église des pauvres, organiser une immense réunion de prières, nous nous sommes posé les mêmes questions qu'Orvil à la mort de Bonal, les mêmes questions qu'Ermancia à la mort de Fénelon. Des questions sur le chasseur et la proie, ceux qui écrasent et ceux qui sont écrasés. Sur ceux qui sont pauvres depuis le commencement et le resteront jusqu'à ce que résonnent les trompettes du Jugement dernier. Mais nous avons fermé les yeux et avons quand même prié et chanté dans une ferveur qui stupéfia les autorités qui, tout en étant nouvelles, étaient aussi anciennes. Nous avons prié avec un os au travers de la gorge et le goût du rêve dans la bouche, une gingembrette qui refusait de fondre.

Dieudonné reprit avec une énergie redoublée le four à pain, faisant chercher ce bois qui chaque jour laissait des squelettes calcinés d'arbres au haut des mornes. Il abandonna la terre et ses sorties en mer se firent plus rares. Yvnel devint grincheux à l'image de cette terre ingrate sur laquelle il s'échinait sous un soleil qui cinglait ses reins de ses lanières de feu. Philomène, quant à elle, ne cousait plus, elle aimait s'agenouiller, les doigts douloureux à force d'égrener les chapelets avec les sœurs charismatiques implorant l'aide de Notre-Dame du Perpétuel Secours, patronne d'Haïti.

Altagrâce aida Cilianise à la boutique et, ensemble comme deux complices, elles prirent soin de chaque détail pour préparer les épousailles de Cilianise avec Ogou. Comme il l'avait appris de son père, qui l'avait appris de l'aïeul Bonal, Dieudonné jeûna, se coucha à même le sol afin d'entendre battre le cœur de la terre et fit abstinence de parole et de chair afin de préparer la venue d'Ogou pour des épousailles grandioses.

36

Les épousailles de tante Cilianise avec Ogou furent la plus belle fête de mon enfance. Cela faisait long-temps que tante Cilianise couvait cet amour pour Ogou. Très longtemps. Tout contre sa couche, elle avait fait encadrer une image de saint Jacques le Majeur, droit sur son cheval blanc, sabre en main, donnant l'assaut. Elle aimait l'image de cet homme. Vaillant. Courageux. Fort.

Faustin, le père de Fanol et d'Ézéchiel, était venu mourir tout contre sa concubine à son retour de Miami. Il était épuisé et avait donné toutes ses économies à Cilianise, qui avait su l'attendre. Alors, à sa mort, tante Cilianise ne voulut plus d'un homme de chair et de sang. Dans l'attente de Faustin, elle avait nourri le goût de l'absence. Et Ogou s'était installé à cette place-là.

Tante Cilianise avait investi gros pour cette union : sa robe rouge était magnifique et l'autel d'Ogou somp-tueux en nourriture, boissons et mouchoirs d'un rouge vif entourant des machettes. Le service traîna en lon-gueur parce qu'Ogou jouait avec la patience de tante Cilianise qui, trois heures durant, ne bougea pas de sa chaise placée devant l'autel juste à côté d'une chaise vide. Sa patience était pure. Tante Cilianise savait qu'un dieu est un amant capricieux. Alors elle *attendait. Ce serait là même sa fonction. Attendre. Sa raison l'avait déjà quittée comme un vêtement trop étroit. Elle allait, folle et nue, sur un chemin connu d'elle seule. Je ne l'ai compris que tard. Trop tard. Et à mes dépens.*

Dieudonné fut secoué plusieurs fois par un léger tremblement. La possession le prenait de court et il résistait à chaque fois en fermant les yeux, en tapant sur son front avec sa paume comme pour se réveiller. Remonter à la surface de sa propre conscience. Il perdit pied, tituba, reprit pied avec l'aide de Fanol puis d'Yvnel et tint bon. Tout autour, les chants et les tambours avaient déjà entamé les couplets pour appeler l'époux. Il réclama la bouteille de clairin. *Il s'assit et raviva la flamme. Les tremblements se firent si violents que Dieudonné fut comme propulsé, jambes et bras dans les airs. Et puis, dans un mouvement tout opposé, il se tint droit comme un palmiste, les yeux fixant le vide. Les chants redoublèrent d'intensité :*

> M'achté yon bèl manchèt pou Papa Ogou o
> Yon boutèy rhum pou Ogou Féray o
> Yon mouchwa rouj pou Papa Ogou o
> *J'ai acheté une belle machette pour Ogou*
> *Une bouteille de rhum pour Ogou Féray*
> *Un foulard rouge pour papa Ogou*

Ogou prit la posture du guerrier marchant au pas avec de grands gestes des bras. Une jeune hounsi *lui tendit sa machette sacrée et lui noua son foulard rouge autour du cou. Il réclama du* clairin *sec et un cigare. Puis il arpenta la salle en faisant tourner sa machette dans tous les sens, bravant un danger invisible et des dizaines d'adversaires. Et puis, contre toute attente,* il s'arrêta net, se rappelant ce pourquoi il était là. Visiblement il cherchait la promise. Quelqu'un dans la foule lui lança : « Papa Ogou, ta promise elle est là. Tout près. Retourne-toi. »

> Ogou sé ou min m
> Ki min nin m isit
> Pran ka m, pran kam
> *Ogou, c'est toi*
> *Qui m'a amenée ici*
> *Prends soin de toi, prends soin de toi*

Ogou rejoignit Cilianise sur la chaise devant l'autel et Julio, le Pè Savann qui avait succédé à Érilien, officia en toute solennité. Cilianise promit de le recevoir comme une femme reçoit un amant et se fit passer une bague au doigt.

Les épousailles de tante Cilianise réconcilièrent Anse Bleue avec ses rêves anciens. Ceux de toujours. Ces rêves dans lesquels les promesses d'eau fraîche des rivières se déversaient dans des fleuves qui, eux, se jetaient de toute leur puissance dans la mer jusqu'en Guinée.

Depuis, Ogou occupait le centre de la vie de tante Cilianise. « Ogou gason solid oh », aimait-elle dire. Il lui arrivait de sourire seule à l'absent, son seul compagnon, son ami, son amant. Le plus fidèle, le plus doux, le plus vaillant. Elle souriait à ce buste de brume qu'elle préférait à tout homme de chair. Elle ne marchandait plus qu'avec le Mystérieux, l'Invisible, l'Ange, le Saint. Elle l'attendait certains soirs, s'habillant comme pour un bal, se parfumant comme pour un lit. Elle l'attendait dans le violent bonheur de recevoir l'époux. Ogou la laissait après chaque retrouvaille, avec son absence *comme une couverture voluptueuse. Tante Cilianise n'a jamais su en parler. Elle ne disait rien. Elle riait. Ogou avait enchaîné sa langue. Avait pris possession de tous ses mots sur la jouissance. Ses mots passés, présents et à venir.*

Je me suis demandé plus tard si, à le nommer tout simplement, elle n'appelait pas la jouissance. Et moi, Cétoute Olmène Thérèse, j'aimais cet élan de tante Cilianise vers un homme absent cent fois plus présent que tous les autres. C'est peut-être parce que personne d'aussi parfait que Jimmy ne s'était présenté à elle qu'elle avait choisi Ogou. La première fois que j'ai vu Jimmy, je l'ai cru.

Mère et Altagrâce boudaient tous les services et avaient choisi la porte étroite de la vertu chez les sœurs charismatiques, se faisant des ampoules aux doigts et s'écorchant les genoux sur les marches des églises. Moi, je me suis écorchée toute vive à vouloir Jimmy. J'ai joué à feindre de le refuser avec autant de véhémence qu'il me cherchait. Son regard me palpait comme un fruit mûr. Je l'ai soumis à un jeûne de carême. Un long Vendredi saint. Au pain sec et à l'eau. Qui de nous deux est la proie ? Qui de nous deux est le chasseur ? Je ne sais pas. Je m'essaie à un jeu que je ne connais pas. Un jeu qui m'enchante. Assis à l'entrée du Blue Moon, Jimmy regarde le monde les yeux mi-clos sur sa chaise renversée en arrière. Et démarre toujours en trombe dans un tourbillon de poussière.

Peut-être que Jimmy ne m'a donné que des restes que j'ai mangés dans sa main. Jimmy m'a jeté des miettes. Il m'a fait jouer avec le feu. J'ai passé des jours et des nuits à espérer le regard d'un homme indifférent. Pourquoi, à un moment de notre vie, éprouvons-nous ce besoin de jouer avec le feu ? De frotter notre raison à la folie ? Pourquoi donc ? J'ai joué avec le feu. J'ai frotté ma raison à la folie moi aussi. À ma façon.

De mon œil droit, je vois la mer. Je la regarde à loisir. D'autant plus que les quatre hommes se sont arrêtés en chemin. Malgré la brise matinale, ils transpirent. S'essuient le front. Le trapu enlève son cardigan rouge. Pourvu qu'un chien errant ne vienne pas poser son museau humide tout près de mon visage. Pour me renifler.

La nuit de l'ouragan, personne n'a osé regarder du côté de la mer. Personne. Ils auraient eu trop peur. Tout un village marchant dans l'effroi et la pluie. Même quand le soleil a commencé à poindre timidement, ils ont préféré regarder du côté des collines surplombant Anse Bleue. Personne sauf Abner. Abner est le plus brave d'entre nous tous. De toute façon, ils ne m'ont pas vue m'en aller, ni la mer se refermer sur moi comme le couvercle d'une tombe.

37

Quand il fut assez grand, Abner voulut lui aussi nous attirer vers un monde qui n'existait pas. Un monde que lui avaient fait miroiter de nouveaux vendeurs de miracles. Un monde dont il commençait à esquisser les contours dans sa tête. Abner n'a que le mot développement à la bouche. Développement par-ci. Développement par-là. « Si vous coupez les arbres, pas de développement. Si vous plantez dans les terres de café des haricots, la terre va s'en aller et pas de développement. Si vous déféquez dans les rivières, pas de développement. » Nous avons planté les haricots sur les terres de café tout là-haut, coupé les arbres et déféqué dans les eaux. Il a cru que l'arrivée du prophète, chef du parti des Démunis au pouvoir, changerait tout et nous avec ce tout-là.

La colère d'Abner fut à la hauteur de sa déception. Mais un jour, il cessa de regarder le monde avec amertume. Nous ne savions pas où il avait puisé ce courage, mais il l'avait trouvé. Il creusa un puits, essaya des semences et organisa une coopérative. Toute une agitation à laquelle Éliphète son frère ne croyait pas. Éliphète ne croyait pas à grand-chose. Avec Abner, il y a eu des explications, encore des explications, toujours des explications, pour nous décrire ce monde enfin développé, extravagant de bonheur.

Jean-Paul, un descendant des Mésidor, et François, un neveu de Mme Frétillon, étaient arrivés à la tête d'une équipe qui devait entamer un ambitieux programme d'irrigation des terres et de mise sur pied de la coopérative. Ils étaient arrivés avec les mêmes sandales des hommes et des femmes du parti des Démunis, et le même chapeau de paille. Jean-Paul marchait nu-pieds quelquefois, rien que pour offrir à ses plantes douillettes et lisses une chance d'être blessées. François a posé des questions sur ce que nous mangions, comment nous organisions nos familles, quelles étaient nos méthodes de culture. L'autre n'arrêtait pas d'arpenter les cinq villages alentour en vue d'organiser la coopérative. Ou bien il faisait le tour des plaines et des collines pour comprendre d'où pouvait venir l'eau et s'il était encore possible d'en trouver pas trop en profondeur. Il y eut des réunions, des rassemblements dans la zone et certaines fois à Port-au-Prince. Abner en revenait plus transformé à chaque fois. Il s'était vraiment senti l'âme d'un leader le jour où, après une réunion où il avait pris la parole, il fut invité à la résidence de Jean-Paul à Laboule. Là, il but du whisky, un rhum pour riches, et écouté une musique douce comme le murmure d'une femme.

Les années passèrent, se ressemblant. Entre deux résultats de tirage de la loterie, tous les jours, Dieudonné nous faisait part de ce qu'il apprenait par les radios. Le prophète avait transformé des crève-la-faim, pauvres et *maléré* comme nous, en bandes organisées armées jusqu'aux dents auxquelles il ne faisait pas bon se frotter. Des Blancs venaient les voir, ils les prenaient pour des héros de western, des guerriers, et raffolaient de leurs noms de nuit : Jojo-mort-aux-rats, Hervé-piment-piké ou Chuck Norris. Des noms qui donnaient froid dans le dos. Des noms qui suggéraient que ces hommes pourraient faire d'eux leur prochain repas. Mais ces Blancs aimaient les sensations fortes. Alors ils écrivaient des articles pour les journaux et les filmaient pour faire peur à d'autres Blancs très loin qui les regarderaient à la télévision. Nous aussi, nous les voyions dans des télévisions à Baudelet entre deux matches de foot. L'espace de quelques secondes, nous nous disions qu'il faisait encore bon vivre à Anse Bleue, Roseaux ou même Baudelet. Et non à Port-au-Prince.

Un jour où Fanol était venu en visite à Anse Bleue, Abner et lui s'étaient vivement disputés. Fanol défendait son emploi de quatrième zone dans une administration et niait que ce qui restait du maigre gâteau se partageait au vu et au su de tout le monde. Que l'appétit de tous avait été ouvert, mais qu'au passage on emportait la crème et les trois-quarts du gâteau. Que des gens disparaissaient aussi à jamais. Que d'autres mouraient criblés de balles par des inconnus. Toujours des inconnus. Que certains de ceux qui disparaissaient réapparaissaient parce que leurs parents avaient payé. Fanol niait tout. Oxéna et Yvnel l'encourageaient à nier pour ne pas s'attirer d'ennuis.

Mais on parlait aussi à voix basse d'une nouvelle manne miraculeuse. Blanche comme la farine de la multiplication des pains de Jésus. Des avions atterrissaient la nuit pour livrer cette manne. Ou la lâchaient du ciel par paquets. Des terres entières avaient été défrichées pour cette seule récolte.

Dans son camion loué à un homme de Roseaux, Éliphète avait vu bien du pays et entendu une flopée de paroles entre Anse Bleue, Roseaux, Baudelet et

Port-au-Prince. Il avait affirmé un jour de grande ins-
piration que les miracles n'auraient pas lieu. «Le seul
miracle viendra du ciel et il sera empoisonné. Parce
que c'est le diable qui nous l'enverra sur des ailes
métalliques. Les ailes métalliques sillonneront le ciel.
Et cette manne-là, on la mangera assis sur des pierres
en feu, sous un ciel sec, au milieu des derniers cactus
et *bayahondes,* entre des discothèques, des 4 × 4 ruti-
lantes, des malfrats, des traînées de salon et des AK47.»
Il avait fait un geste de ses deux bras contre sa poitrine
pour nous montrer qu'il s'agissait d'armes à tuer. Éliphète avait vu juste.

«Le monde est un lieu difficile. Tu ruses ou tu
meurs», avait-il conclu. «Je ne veux pas mourir»,
s'était écriée Cétoute. Elle avait à peine douze ans.
Nous ne savions pas d'où ce cri était sorti. Il l'avait
prise de court. Et nous avions tous ri. Et Cétoute était
alors allée rejoindre sa mère et les sœurs charismatiques
sur l'étroite galerie devant sa maison. Elle avait récité
trois «Je vous salue Marie» avec elles pour oublier
un moment les prodigieuses et terribles surprises que
réservait la vie en ce temps, en ce lieu.

38

Par un matin d'avril, une 4 × 4 neuve engloutissait kilomètre après kilomètre, faisant se retourner sur son passage les passants depuis Port-au-Prince. Dans les bourgs et villages, nos yeux la saisissaient comme des griffes. Quand la 4 × 4 atteignit le sommet de ce qui semblait être le dernier sommet du monde, Anse Bleue s'offrit au regard de Jimmy dans sa totalité. La mer était une plaque luisante à perte de vue, posée là pour renvoyer toute la puissance du soleil, comme si la terre condamnée était prise entre deux fatalités, brûler ou être engloutie. Il balaya du regard ces hameaux comme des petites boursouflures sur le sable. Purulentes. Nauséabondes. Le chauffeur s'était lancé dans une longue déploration sur cette terre qui, sans pudeur, montrait ses tripes et ses cicatrices. Abandonnée par tous. Jimmy restait sourd et indifférent à cette ritournelle pleurnicharde et ennuyeuse du chauffeur, à qui il demanda au bout d'un moment de se taire parce qu'il avait chaud. Jimmy voulait penser seul. Sans les béquilles d'un homme dont l'opinion ne comptait pas. Le désordre était encore plus grand que ce qu'il avait imaginé et ce n'était pas pour lui déplaire. Mais pas du tout. Le désordre, c'était son élément, sa respiration, son eau et son ciel. Il se frotta les mains, un large sourire sur les lèvres. Au grand étonnement du chauffeur, qui avait vu la reddition de l'homme à chapeau noir et lunettes épaisses et de ses uniformes bleus, la montée du parti des Démunis avec son prophète, ses hommes et ses femmes de bonne parole, devenus en quelques années plus riches que ceux du parti des Riches et qui avaient fait affûter les mêmes machettes et crépiter les uzis.

Le chauffeur se demanda ce qui pouvait faire sourire son passager : « Monsieur Jimmy, c'est comme dans la Bible, il est devenu difficile aujourd'hui de démêler le bon grain de l'ivraie. »

« Je laisse ce travail à Dieu », avait rétorqué Jimmy. Sur ce, le chauffeur prit la résolution de parler de la pluie et du beau temps, et de ne même pas mentionner la cherté de la vie et surtout pas la désolation des campagnes. Il n'allait ni prêcher ni se faire des ennemis et remettait le peu d'âme qui lui restait à Dieu tous les dimanches et tous les mardis au jeûne de l'église rénovée des pentecôtistes.

« Elles sont comment, les autorités de la zone ? »

Le chauffeur lâcha presque avec emphase :

« Des gens très sérieux. »

Et après avoir répété trois fois et avec insistance le « très sérieux », il vanta les qualités des uns et des autres, du commissaire, du maire et de ses assesseurs, des députés et du sénateur. Jimmy n'en croyait pas un mot et dans sa tête se disait : « Il me ment, mais cette bande de pouilleux ne mérite pas mieux. » Il lui tardait d'arriver jusqu'à la colline Morin après Baudelet. « Ce n'est pas possible, Baudelet, où es-tu ? Peut-être que, sentant mon arrivée, tu es rentrée sous terre ? » À cette seule pensée, il rit à gorge déployée. Et ses yeux brillèrent de cet éclat dément qu'ont ceux des hommes dont l'enfer est l'état d'esprit préféré.

Jimmy murmura quelque chose entre ses dents qu.
échappa au chauffeur. Quand ce dernier lui demanda de
reprendre ce qu'il venait de dire, il lui répondit que ce
n'était rien d'important, juste le baragouin d'un homme
saisi par l'émotion. Le chauffeur n'en crut pas un mot
et, bien sûr, n'insista pas.

Le chauffeur avait du mal à avancer sur cette route
rocailleuse. La jeep flambant neuve, une SUV jaune,
faisait sensation auprès des piétons et automobilistes,
puis des paysans tout au long de la route.

Lorsqu'il atteignirent enfin le marché de Roseaux,
Jimmy murmura : « Je suis de retour et vous allez le
sentir. Un Mésidor est de retour et ce n'est pas rien. »
Cette fois, il avait prononcé ses mots assez fort pour que
le chauffeur l'entendît et ravalât sa salive. Jimmy était
du parti des Riches, mais il avait ses entrées au parti
des Démunis et s'apprêtait avec ses complices des deux
camps à prêter main-forte au désordre.

Il lui fallait faire vite, très vite. Son grand-père, Tertulien Mésidor, était à l'agonie et lui, le fils de Mérien
Mésidor répudié quelques années auparavant, voulait
se faire accepter par ce grand-père qu'il ne connaissait
pas. Se faire accepter pour racheter son père. Mais
aussi pour prendre, s'accaparer. Tertulien, poursuivi à
cause de ses démêlés avec les hommes en bleu, s'était
réfugié en République dominicaine puis était revenu en
catimini. Attendant que la roue tourne. Dans un pays
où l'arme la plus sûre est l'effacement ; la défense la
plus payante, l'évitement. Pour laisser passer l'orage,
avant de déployer à nouveau les ailes et hurler avec les
loups du moment.

Le chauffeur de la SUV jaune raconta, le dimanche suivant, sur le parvis de l'église pentecôtiste de Roseaux,
l'arrivée de Jimmy, et les domestiques de Tertulien nous

firent, au marché de Baudelet, un récit de la dernière conversation du mourant avec son petit-fils. À force de les recevoir jusque dans nos campagnes, nous savions que les loups du moment, avec ou sans uniforme des armées du monde, venaient de tous les coins pour chasser ou dépecer ce cadavre trop encombrant que nous étions devenus. Haïti, *yon chaj twò lou*, une épine au pied de l'Amérique.

Nous, à Anse bleue et dans les autres villages, nous étions comme un cheval récalcitrant qu'on ne pouvait décidément brider ni par la ruse, ni par la force. Alors on nous a circonscrits dans un enclos. Et nous fredonnons encore à l'intérieur de nous-mêmes :

> *Chèn ki chèn, nou krazé li*
> *Ki diré pou kòd o ?*
> Nous avons pu briser des chaînes
> Que dire d'une petite corde ?

39

Quand Tertulien vit ce petit-fils qui était venu de si loin, il ne laissa pas le souvenir de Mérien remonter à la surface et lui gâcher sa joie.

Marie-Elda, l'épouse de Tertulien Mésidor, était d'une fragilité qui contrastait avec le bouillonnement ininterrompu de son époux. Aucun serviteur ne se souvenait l'avoir entendue prononcer un mot de trop, un mot trop haut, un mot de travers. Marie-Elda Mésidor semblait regarder de l'autre côté de la vie sans prêter attention à ce qui se passait là, à vue d'œil. Sous son nez. Nous ne sous sommes jamais expliqué sa présence dans un tel lieu, sa présence sur une couche aux côtés d'un tel homme.

Si chaque nouvelle naissance l'avait laissée plus frêle que la précédente, cela ne l'avait pas pour autant empêchée, sans une larme, sans un cri, de mettre dix enfants au monde selon le bon vouloir de son mari : Osias, Boileau, Pamphile, Candelon, Théophile, Joséphine, Horace, Ermite, Madrine et Mérien. Tous, à l'instar de Marie-Elda, obéissaient à leur père au doigt et à l'œil. Tous à l'exception de Mérien, le benjamin, qui était venu au monde avec un aiguillon empoisonné dans la poitrine. Comme pour les âmes bien nées, le petit du tigre avait commencé très tôt à ressembler à son géniteur.

La dernière fois que Tertulien avait frappé Mérien, tous avaient cru qu'il allait le tuer. Avec un nerf de bœuf en guise de fouet, il lui avait lacéré la peau, puis avait cogné, cogné de ses mains nues sur son torse, son visage, ses bras. À croire qu'il voulait faire sortir de son fils quelque esprit malin. Mérien accepta les coups jusqu'au moment où une colère sortie du fond de ses entrailles le fit bondir, la tête en avant, comme un jeune taureau et cogner à son tour de toutes ses forces. Tertulien Mésidor tomba à la renverse. Le fils cloua le père au sol, posant les mains autour de son cou, prêtes à se resserrer, dures, sur sa pomme d'Adam. N'étaient les cris de sa mère, l'interposition d'Osias, l'aîné des frères, et les cris des domestiques, peut-être Mérien aurait-il commis l'irréparable. Tertulien, en se relevant, avait saisi une machette et menacé Mérien qui recula en soutenant le regard de son père. Aucun domestique, aucun des autres frères ne put le rattraper. Il partit en courant et entendit dans son dos Tertulien, son père, le maudire jusqu'à la cinquième génération. Mérien Mésidor, quelques jours plus tard, nous l'avions su par les domestiques les plus bavards, avait rejoint une de ses tantes en Amérique. C'était il y a bien des années déjà.

Tertulien était ému. Ce qui desserra la main de cette douleur qui dessinait sur son visage d'horribles grimaces. Sa bouche semblait vouloir happer tout l'air autour de lui. Un murmure inaudible sortit du fond de sa gorge. Il eut seulement la force de caresser la main de son petit-fils, de poser une main sur ses cheveux et de lui tendre un papier. Il lui demanda d'inscrire le nom des hommes et des femmes sur lesquels il pouvait compter. Pour n'importe quoi. Pour tout. « Note, mon fils ! »

Tertulien Mésidor, dans un ultime sursaut, se dressa sur son lit et concentra ses dernières forces pour faire sortir de sa bouche comme d'un lance-flamme :

« Mon fils, je n'ai aucun remords et je n'implorerai pas la clémence de Dieu. À force de compromissions et de bassesses, j'ai accumulé une petite fortune, des biens, des biens, encore des biens. Je suis plus fortuné que tous les habitants de ces cinq villages réunis. Rien n'a jamais arrêté mon bras quand je voulais tuer, voler, violer. Rien. Il faisait très beau les jours où j'avais du sang sur les mains. On dirait que Dieu m'a cédé le pas chaque fois que j'avançais. »

Il s'arrêta pour rire à gorge déployée, les yeux brillants de démence.

« J'ai tout vu dans cette île. Jusqu'à sa deuxième occupation par les Marines. Je dis bien deuxième occupation, mon fils, parce qu'il y en aura d'autres. Et je n'ai toujours rencontré que ce même respect de tous, tu m'entends ? »

Jimmy acquiesça : « Oui, oui. »

Et Tertulien s'agrippa à sa chemise :

« Oui, respect pour l'or et le pouvoir. Rien d'autre, mon petit-fils, rien d'autre. »

Tertulien voulait parler avant de mourir pour avoir le plaisir d'évoquer ses crimes. Il prononça ses derniers mots en se renversant sur son lit. Il mourut les yeux grands ouverts.

La nouvelle du retour de Jimmy se répandit sur les sentiers, d'une case à l'autre, au détour des marchés. D'un *jardin* à l'autre. Alors il nous sembla une fois de plus que rien ne s'était passé. Que le parti des Démunis n'avait pas existé. Certains d'entre nous se mirent à se méfier de leurs souvenirs. Allant jusqu'à croire que nos fièvres n'étaient que le fruit d'une hallucination collective. Que le malheur d'avant, celui de l'homme à chapeau noir et lunettes épaisses, était peut-être mieux que celui qui plantait ses crocs dans nos vies d'aujourd'hui.

Jimmy décida de tout reprendre, et même plus que ce qui lui revenait. Il serait un fléau. Lui aussi.

« Je suis de retour et vous allez le sentir. »

40

C'est Jimmy qui m'a tuée. Et tout a commencé avec l'avion. C'était un vendredi et j'avais laissé Baudelet comme tous les vendredis pour revenir à Anse Bleue.

C'est vrai que la première fois que l'avion a survolé Anse Bleue, en pleine nuit, nous avons été réveillés en sursaut. Et mon père, encore endormi, nous a appelés les uns après les autres à voix basse, avec des mots que la peur déformait, comme s'il avait dans la bouche un morceau de patate encore fumante. Il nous a appelés pour nous demander si nous n'entendions pas ce bruit étrange au-dessus de nos têtes. Tout hébétés de sommeil, les yeux mi-clos, nous avons nous aussi prêté l'oreille à ce grondement sourd qui venait de faire un grand trou dans la nuit. Nous avons d'abord cru à un signe du ciel ou du pays sous les eaux.

Après trois tours au-dessus d'Anse Bleue, le bruit de l'avion s'est atténué, comme si le silence l'avalait à mesure qu'il se dirigeait vers le morne Lavandou. Et, au bout d'un moment qui nous a paru fort long, nous n'avons plus rien entendu.

Réveillés bien plus tôt qu'à l'accoutumée, mon père, tante Cilianise, Yvnel, les enfants, tous parlaient devant leur case à voix basse. Les enfants couraient entre nos jambes et mêlaient leurs braillements aux chants du coq, aux aboiements du chien qui tournait un peu dans tous les sens. Nous avons parlé avec des phrases qui disaient et qui ne disaient pas. Un vrai jeu de cache-cache avec nous-mêmes. Les secondes étaient toutes pleines de mots et pourtant encombrées de silence. Mais nous nous comprenions, comme toutes les fois où une parole muette telle une présence obscure venait prendre la place entre nous. Toute cette agitation nous retournait dans un grand charivari. Alors tantôt nous regardions la mer, tantôt le ciel ouaté de bleu et de rose posé sur la pente des collines. Et moi, Cétoute Florival, j'ai entendu le temps nous ronger comme une armée de rats.

Altagrâce indiqua ce qui avait été la trajectoire de l'avion juste au-dessus de notre case, avant qu'oncle Yvnel ne vienne rectifier ses propos en avançant un argument imparable qui sembla faire autorité : il savait comment était fait un avion, parce que Léosthène le lui avait décrit en long et en large – les sièges de l'avion, la ceinture que l'on attache autour de la taille, les trous d'air qui vous chavirent l'estomac, les hôtesses qui remplissent les formulaires de cette cohorte d'illettrés que nous sommes et qui tous les jours forcent les portes de l'Amérique.

Abner évita la question de la trajectoire, qui avait déjà fait couler trop de salive, mais prit cet air renfrogné et interrogateur de qui en savait assez pour être inquiet et pas assez pour partager cette inquiétude avec nous. Il tordait dans tous les sens les poils de sa barbe de quelques jours et se contenta d'un « Je n'aime pas cet avion. Je n'aime pas ce qu'il va nous apporter ». Quand on lui demanda ce qu'il entendait par ces mots, il se contenta de conclure qu'à son avis, l'appareil avait atterri sur les terres des Mésidor.

Abner rangea l'événement dans la longue liste de ceux qui, depuis quelques mois, venaient bouleverser la vie tranquille d'Anse Bleue, après avoir bousculé celle de l'île. Cilianise renchérit en parlant de mâchoire gonflée d'une parole trop lourde.

Oxéna s'apprêtait à donner son avis, quand Dieudonné mon père lui ordonna d'un geste de la main de se taire. Puis, regardant le ciel quatre fois de suite, il parla d'une voix qui signifiait que le débat était une fois pour toutes clos. Alors, sans avoir à le mentionner, il était aussi clair pour Dieudonné que pour nous tous que nous jurerions à tous ceux qui n'étaient pas d'Anse Bleue que nous n'avions rien vu, rien entendu, cette nuit-là.

Remontant le col de son chandail effrangé, il conclut que cela faisait trop longtemps que les Esprits n'avaient pas été nourris, et que tous ces événements étaient là pour nous le rappeler.

Je refais le parcours à l'envers. Une dernière fois. Allant vers ma seconde mort. La vraie.

« Tu me cherches, tu me trouveras. » Pourquoi cette phrase me hante-t-elle ?

La deuxième fois que je rencontre Jimmy, je suis déjà une mendiante d'amour.

J'ai oublié bien des choses dont je voulais me souvenir et me souviens de choses que je devrais oublier. Mais c'est ainsi. Mon bon ange, pas m'abandonner. Je divague. Je divague…

J'ai hanté le village trois nuits durant. Me faufilant entre les interstices. Sans chair ni os. Chair et os déjà passablement dissous par le sel et l'eau. Fendant les ombres comme l'étrave d'un bateau.

Je ne voulais pas quitter Anse Bleue. Pas de cette façon-là. Heureusement que, comme il arrive souvent, la direction du vent a brusquement changé dans la nuit : je ne suis pas allée vers la haute mer, mais j'ai rebroussé chemin. J'ai longé la côte. À croire que Loko, Agwé, Aida Wèdo et tous les autres ne voulaient pas non plus que je quitte Anse Bleue et ses alentours. Pas si tôt, pas si vite...

Alors, toute la nuit, j'ai hanté le village. Jusqu'au petit matin. Ma senteur forte d'animal marin a pénétré partout sans soulever le moindre haut-le-cœur. J'ai eu beau me faufiler entre les murs des cases du village, soulever les rares rideaux effilochés aux fenêtres branlantes, ouvrir avec fracas comme un vent contraire les portes mal rabotées et hurler leurs prénoms, personne ne semblait me voir. Personne ne semblait m'entendre. Personne. On n'évoquait plus mon nom que dans des sanglots étouffés.

Le cortège s'est arrêté et voilà que les quatre bonshommes me posent sur le sable. C'est leur deuxième pause. Ils ont soif et réclament de l'eau à deux femmes qui ont laissé leurs occupations du petit matin pour venir grossir la petite foule qui m'accompagne.

Ce matin, le monde est beau, le ciel sera bientôt comme lavé, après les pluies. Je pense à Abner qui ne se laisse jamais convertir au malheur. Qui refuse toujours d'emprunter ses corridors noirs. Tandis que, moi, aspirée depuis longtemps par le vide, je m'engouffre sur les traces d'Olmène.

41

Altagrâce a juré avoir vu Jimmy sur la route entre
Ti Pistache et *Roseaux* dans le pick-up décrit par
Octavius, un homme de *Roseaux*. C'est aussi lui qui a
raconté l'incendie.

Alors qu'ils venaient à peine de s'endormir, lui qui a
le sommeil léger, avait perçu un remous, des murmures
au-dehors. L'œil dans un trou de la fenêtre, Octavius
avait vu distinctement les contours d'un gros pick-up
neuf de couleur verte. « Deux hommes en sont descen-
dus, avait-il affirmé. J'ai reconnu l'homme petit et mas-
sif qui ne parle qu'espagnol, il avait une bouteille à la
main. L'autre homme, probablement celui qui conduisait, avait poursuivi Octavius, a allumé un briquet. Ils
savent y faire, je vous dis. Des spécialistes. Et j'ai vu la
flamme s'approcher du chiffon. J'ai frémi en me disant :
"Ils ne vont quand même pas faire ça", et j'ai crié. Et
j'ai réveillé mon frère Brignol. J'ai réveillé ma mère.
Le bras de l'homme trapu s'est détendu et la flamme a
décrit un arc de cercle venant droit sur nous. La bouteille a heurté le bois de la fenêtre et je me suis écarté.
Le souffle a bien failli m'éclater le tympan. Les flammes
ont couru sur le plancher, craquant, crépitant, les cré-
pitements ont envahi tout partout. Nous sommes sortis
précipitamment pour échapper au brasier et à l'odeur

asphyxiante de l'essence. Et nous avons tous entendu le chauffeur lancer distinctement : "La prochaine fois, on te tue, Octavius. C'est un avertissement." Je me suis retenu pour ne pas faire dans mon pantalon. Parce que ces hommes-là sont terribles. »

Alors, à voix basse, il avait précisé à Altagrâce que, deux jours plus tard, Jimmy lui avait fait une menace encore plus grave : « La prochaine fois, je te fais tailler petit massisi* avant de te liquider. » Il l'avait dit appuyé contre sa voiture, un cure-dent entre les lèvres. Je voulais demander à Altagrâce de se taire. D'arrêter de colporter des ragots. Mais je n'ai rien dit. Je n'ai rien dit non plus à Cocotte et à Yveline.

« Où as-tu connu l'homme trapu ? » « Comment as-tu connu Jimmy ? » Octavius s'était empêtré dans des explications embrouillées. En réalité, Octavius travaillait pour Jimmy. À sa mère, aux voisins, à tout le monde. Mais personne ne l'avait cru. Le lendemain, j'ai croisé Octavius et je l'ai détesté avec sa tête de mouchard et de…

« Jaloux, va ! » me suis-je répété en moi-même plusieurs fois de suite.

Alors, quand l'avion a survolé Anse Bleue une deuxième fois, nous étions déjà des gens avertis. Éliphète avait vu juste. Plus juste qu'Abner. Moi je voulais en savoir davantage. Alors je suis partie en chasse. En chasse d'un homme voyou.

Le lendemain, j'ai surpris Jimmy, non loin du Blue Moon, tendant un paquet à Octavius. Jimmy m'a vue et m'a couru après pour me rattraper. En rentrant, je n'ai rien dit. J'aurais eu trop peur de me trahir en expliquant tout. J'ai préféré épaissir la couche de silence qui enferme tout dans la tombe de l'oubli. J'ai cédé au *sommeil comme on s'abandonne à la mort. Ne suis-je pas née dans un temps sans vergogne ?*

Malgré les recommandations et les mises en garde de l'instituteur, de la radio et des membres du CASEC* qui sont passés nous prévenir qu'un gros ouragan allait frapper la côte, je me suis attardée en chemin. Allez savoir pourquoi.

Il y a ces larges lampées de sel et d'écume sur le sable.

Mais, dans ce crépuscule d'il y a trois jours, je n'ai rien vu. Rien. Trop occupée à tenter de respirer. Trop occupée à tenter de ne pas voir venir tout ce qui allait suivre.

« Ne fais pas ce que tu pourrais regretter, martèle ma mère. Ne le fais pas. »

Plus tard, le vent a soufflé sans s'arrêter. Détachant les branches des arbres. Soulevant les feuilles en bourrasques. J'ai pensé aux sermons du pasteur Fortuné que nous racontaient Ézéchiel et Oxéna à l'église des pentecôtes. À l'arche de Noé. Et j'ai imaginé que la mer s'était mise à la place du ciel et nous déversait toute son eau. Vraiment je l'ai cru. Et que bientôt hommes, femmes, bêtes et enfants…

Des trombes d'eau du ciel noir se sont déversées sur Anse Bleue et sur la mer violette. Le vent, dans toute cette eau, s'est déchaîné, creusant des tourbillons d'air et de pluie, dressant des vagues géantes à l'assaut des rochers, déracinant les arbres, emportant des tôles, défaisant des chaumes.

Très vite, des éclairs ont lacéré le ciel comme une vieille calebasse. J'ai feint d'écouter les conseils. De rentrer. En réalité je me suis cachée derrière les bayahondes *au haut de la butte.*

Je racle et je perds pied. Je ne recrache plus l'eau en gargouillis sonores à la surface de l'eau. Mon cœur brusquement arrête sa course libre.

Loko, dans la voix du vent, a soufflé tout l'après-midi jusqu'à me faire tituber, jusqu'à me faire plier les genoux. C'est un de ces ouragans avec le vent qui enchante et qui rend fou. Il s'est élevé dans un fracas cognant contre mes tempes. Soudain une joie nue m'a assaillie. Je garde le souvenir d'une sorte d'ivresse s'emparant de moi. J'étais libre dans le vent. Dans la mer. Accordée au grand cœur sauvage. Traversée des mêmes violents remous. Ai eu envie de crier : « Mon amour, où es-tu ? N'aie aucune crainte. Ce n'est que la fascination de la lune. Rien que ça, mon amour. »

Et puis, au-dessus de ma tête et contre ma nuque, deux mains qui m'obligent à m'enfoncer dans les vagues. Malgré moi. Malgré le souffle qui commence à me manquer, je m'agite dans tous les sens. Mes gestes sont aussi brusques que désespérés. Je me débats de toute la force de mes bras, de toute la force de mes jambes. Je me débats jusqu'à épuisement. Jusqu'à ce que le souffle m'abandonne.

Mais voilà que je perds pied. Je bois l'eau jusqu'à l'asphyxie. Je m'écroule comme une bête qu'on assomme. Entre mes cuisses, une main, une chair qui me déchire. Je me retourne. Mon regard incrédule se révulse. Et, soudain, l'obscurité liquide. De plus en plus froide. Dans cette nuit de vent et d'eau, il m'a saisie par les épaules et m'a maintenu la tête sous l'eau avant de s'engouffrer dans les ronces.

À l'approche d'Anse Bleue, malgré leur grande fatigue, les quatre hommes ont accéléré le pas. Je perçois au loin notre case en dur et toutes les autres, encore enveloppées dans une brume de fable. Tous les visages sont tournés vers le nord. En direction du cortège qui avance. Les hommes transpirent à grosses gouttes. Leurs bras, quoique robustes, tremblent. Une morte, ça pèse lourd.

J'entends une espèce de son incontrôlable, comme quelque chose qui sortirait du ventre d'un animal qu'on égorge. Et qui, après avoir creusé son trou noir dans les os au plus profond de la chair, monte dans la poitrine, serre la gorge et gicle de la bouche à l'air libre. Ma mère crie mon nom très distinctement dans des aigus assourdissants : « Cétouuuuuute, Cétouuuuuute. »

Anse Bleue pleure, mais bientôt Anse Bleue fera tout pour que je ne rôde plus dans les alentours. Pour que tous puissent très vite penser à moi sans être aspirés de l'autre côté. Je ne reviendrai que pour leur faire du bien. Il y a le côté du chagrin, qui appartient encore à la vie, et il y a la barrière de la mort.

42

Le soleil avait déjà défait les derniers lambeaux de nuages quand Abner vit un étrange cortège venant de Pointe Sable arriver du côté nord de la plage d'Anse Bleue. Le cri de sa mère Philomène déchira l'air, mit le ciel en lambeaux… Dieudonné, beuglant sa douleur, la soutenait comme il pouvait. Abner se sentit bien seul. Seul. Désespéré. Il attendit un moment et déglutit malgré lui. Ses lèvres se mirent à trembler et sa vue se troubla. Il sentit qu'il avait envie de pleurer et lutta contre cette envie en se frottant les yeux d'un geste rapide dans le repli de son coude. Il alla au-devant du cortège. Nous l'avons vu partir et nous l'avons suivi. Il a saisi son portable et composé le numéro du commissariat de Roseaux. Pour la première fois, des hommes de l'ordre et de la justice fouleraient la terre d'Anse Bleue.

Après leur avoir parlé, il nous dit qu'il avait retrouvé ce courage dont il pensait qu'il l'avait abandonné pour toujours. Il pensa à la récolte qui serait plus généreuse cette année grâce aux travaux d'irrigation de Jean-Paul et de François, grâce à la construction du dispensaire des pentecôtes qui s'achevait, grâce à la coopérative qui s'était mise en place. Tout cela lui mit un peu de clémence au cœur. L'espace de quelques secondes.

Rien que quelques secondes. Il ne renonçait pas… Il avançait. Il en tituba presque.

Alors, nous avons suivi Abner, tellement à son aise dans les *bayahondes* qui brouillaient la route devant nous. La route de demain. Ces halliers où nous ne voyions s'ouvrir aucune issue. Contrairement à nous, Abner, d'une machette invisible, semblait arracher les broussailles et avançait. Nous avons réglé notre pas sur le sien.

43

Ma vraie mort commencera quand on me lavera, qu'on me coupera les ongles et quelques mèches de cheveux, qui seront soigneusement conservés dans une fiole. Et Dieudonné mon père, Cilianise, Fanol et tous les autres me confieront des messages pour ceux et celles que je verrai ou reverrai avant eux. Dieudonné murmurera les trois phrases sacrées à mes oreilles. J'irai seule sous les eaux, laissant mes dieux protecteurs dans l'eau de la calebasse tout à côté de moi.

Quand, après quarante jours, on me sortira de l'eau, je tournerai enfin les yeux vers la lumière, et ce sera pour les miens le début d'un compagnonnage avec eux. Ma mort ne sera plus un tourment. Je panserai des plaies. J'adoucirai l'amertume. J'intercéderai auprès des lwas, des Invisibles.

Je demanderais bien à Altagrâce et à ma mère, si je le pouvais, de me vêtir de ma robe blanche pareille à celle d'Erica dans le feuilleton «All My Children» et de me chausser de mes sandales rouges à talons hauts. Altagrâce, ma sœur, sait exactement où elles se trouvent, dans une malle sous mon lit.

J'aimerais arriver en Guinée ou près du Grand Maître avec une robe de reine et des pieds rouge feu. Je suis ainsi faite. Je suis fille de Fréda.

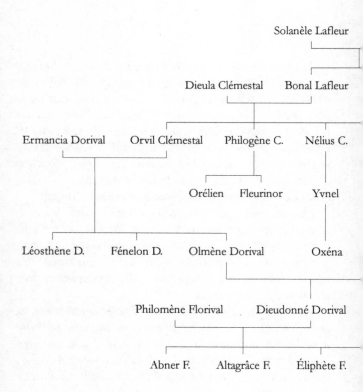

Solanèle Lafleur

Dieula Clémestal — Bonal Lafleur

Ermancia Dorival — Orvil Clémestal   Philogène C.   Nélius C.

Orélien   Fleurinor   Yvnel

Léosthène D.   Fénelon D.   Olmène Dorival   Oxéna

Philomène Florival — Dieudonné Dorival

Abner F.   Altagrâce F.   Éliphète F.

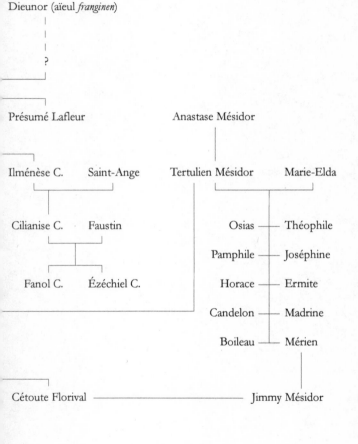

Dieunor (aïeul *franginen*)

?

Présumé Lafleur   Anastase Mésidor

Ilménèse C.   Saint-Ange   Tertulien Mésidor   Marie-Elda

Cilianise C.   Faustin   Osias ——— Théophile

                                        Pamphile ——— Joséphine

Fanol C.   Ézéchiel C.   Horace ——— Ermite

                                        Candelon ——— Madrine

                                        Boileau ——— Mérien

Cétoute Florival ———————————————— Jimmy Mésidor

GLOSSAIRE[*]

Agwé : divinité de la mer, des océans.

Arbre véritable : nom haïtien de l'arbre à pain.

Asson : calebasse évidée remplie de petits os, sorte de hochet, qui sert de sceptre rituel à l'officiant lors des cérémonies vaudou.

Badji : sanctuaire proprement dit du temple vaudou.

Baka : créature maléfique.

Bain de chance : bain spécialement préparé pour attirer les faveurs des dieux.

Banane pesée : banane plantain frite.

Bâton gaïac : bâton en bois de gaïac, particulièrement solide.

Batouelle : battoir.

Bayahonde : arbuste sauvage.

Bois-fouillé : bateau fabriqué dans le tronc d'un arbre.

Borlette : loterie.

Bougie baleine : bougie rudimentaire, à l'origine fabriquée avec de la graisse de baleine.

---

[*] L'orthographe du créole a été simplifiée pour le rendre plus accessible à tout lecteur francophone.

Cacos : rebelles qui se sont soulevés entre 1915 et 1920 contre l'occupation américaine.

Candélabre : variété de plante avec laquelle on construit des clôtures à la campagne.

Carabella : tissu dans un coton grossier.

Carreaux : unité traditionnelle haïtienne de mesure des superficies, correspondant à 1,29 hectare de terre.

Casec : conseil d'administration de section communale.

Chanson-pointe : chanson qui recèle des sous-entendus sur un événement qui a eu lieu dans la communauté ou sur une question politique.

Cher maître, *chère maîtresse* : qui fait acte de propriété et n'a de comptes à rendre à personne.

Choukèt larouzé : adjoint du chef de section qui, avant 1986, assurait l'ordre et la sécurité dans les campagnes.

Chrétien-vivant : être humain.

Clairin : eau-de-vie de canne à sucre de première distillation.

Coucouye : luciole.

Coumbite : forme de travail collectif, d'entraide.

Damballa : dieu serpent qui est souvent représenté avec son épouse Aida Wèdo.

Danti : chef d'un *lakou*, qui a un grand pouvoir de décision.

Démembré : partie qui n'ira pas dans l'indivision et qui recèle les attributs spirituels de la lignée.

Désounin : cérémonie qui a lieu après la mort pour préparer le passage vers l'au-delà. Peut être également employé comme adjectif signifiant « décontenancé ».

Djon-djon : champignon noir qui colore le riz ou les viandes et leur donne un goût particulier.

Doko : lieu éloigné et clandestin qui servait de refuge aux insurgés après l'indépendance.

Don : grand propriétaire terrien.

Drapeau : étendard fait de paillettes de couleurs vives et symbolisant les divinités protectrices du *lakou*.

Erzuli Dantò : autre pendant d'Erzuli qui symbolise l'endurance et la force.

Erzuli Fréda : divinité de l'amour, belle, coquette, sensuelle et dépensière ; une des trois grandes figures des divinités féminines.

Femme-jardin : concubine chargée de cultiver une parcelle de terrain pour un propriétaire.

Franginen : individu né en Afrique et ayant survécu à la révolution de 1804.

Gaguère : espace aménagé pour les combats de coqs, très prisés.

Gédé : divinité qui symbolise la vie et la mort.

Gourde : monnaie haïtienne.

Gran Bwa : divinité des arbres et des forêts.

Grand Maître : appellation du Dieu unique dans la religion vaudou.

Griot : porc frit.

Grouillades : déhanchements.

Guayabelle : chemise typique de la grande Caraïbe (*guayabera*).

Guildive : distillerie artisanale.

Habitation : grande propriété.

Hougan : prêtre vaudou.

Hounsi : initié dans le vaudou.

Jardin : équivalent du champ ou de la propriété appartenant à un cultivateur.

Jeunesse : fille de mauvaise vie, prostituée.

Kabich : pain sans levain.

Kamoken : opposant aux dictatures des Duvalier père et fils, de 1957 à 1986.

Kanzo : initiation qui permet à une personne de ne pas être brûlé par le feu.

Kasav : galette de farine de manioc.

Labalenn : divinité vaudou de l'eau.

Lakou : espace d'habitation de la famille élargie.

Lalo : épinard sauvage.

Lambi : conque marine utilisée comme un cor par les paysans.

Lampe bobèche : récipient où brûle une mèche trempée dans de l'huile.

Lasirenn : divinité qui tire les mourants sous l'eau pour les emmener en Afrique.

Legba : divinité qui ouvre les chemins et que l'on invoque au début des services religieux pour ouvrir la route aux autres divinités.

Loko : divinité du vent.

Lwa : divinité dans la religion vaudou.

Majò jon : celui qui, dans le *rara*, jongle avec un bâton ou une croix à quatre branches d'égale longueur.

Mambo : prêtresse vaudou.

Mantègue : saindoux.

Mapou : arbre reposoir sacré au large tronc et aux racines profondes, dont la fonction est la même que celle du baobab en Afrique.

Massisi : homosexuel.

Matelote : maîtresse.

Mèt tèt : divinité la plus importante pour soi.

Nordé : vent du Nord.

Ogou : divinité de la guerre et du feu, dont le doublet catholique est saint Jacques le Majeur.

Paille : nom donné à la marijuana.

Paquet wanga : paquet avec des ingrédients qui contiendrait des forces.

Pétro : divinité créole, et non d'origine africaine, réputée violente.

Pian : maladie infectieuse endémique dans la paysannerie dans les années quarante.

Plaçage : le type de relation matrimoniale le plus répandu et qui est une forme de concubinage.

Point : puissance conférée à quelqu'un par un *hougan* ou une *mambo*.

Poto-mitan : pillier central du péristyle vaudou et par où descendent les divinités.

Priyé deyò : toutes les prières qui précèdent le service religieux proprement dit.

Ralé min nin vini : artifice magique pour attirer à soi.

Rangé : aménagé pour faire du mal.

Rapadou : sucre brun artisanal.

Rara : carnaval qui commence après le mercredi des Cendres dans les campagnes.

Rigoise : fouet fabriqué avec du nerf de bœuf.

Roi : celui qui préside la bande et qui est en général le chef du *lakou*.

Simbi : une des divinités de la mer.

Son : rythme cubain du début du xxᵉ siècle.

Tambour assòtòr : le plus grand des tambours.

Tap-tap : véhicule de transport en commun.

Tchaka : mets très riche préparé avec du petit mil, des haricots et d'autres légumes.

Trempé : préparation à base d'alcool de première distillation dans laquelle on fait macérer herbes et épices.

Vaccine : instrument à vent fabriqué avec du bambou.

Vèvè : dessin représentant une divinité.

Zaka : divinité de la terre, des jardins et des paysans.

RÉALISATION : IGS-CP À L'ISLE-D'ESPAGNAC
IMPRESSION : CPI BRODARD ET TAUPIN À LA FLÈCHE
DÉPÔT LÉGAL : AOÛT 2015. N° 122733 (3011142)
IMPRIMÉ EN FRANCE